Hermann Bärthel

Nich to glöven!

Niederdeutsche Glossen und Grotesken

Quickborn-Verlag

Die plattdeutsche Schreibweise
ist unverändert vom Autor übernommen worden.

4. Auflage 1996

ISBN 3-87651-103-8

Umschlagzeichnung: Kurt Schmischke
Gesamtherstellung: Clausen & Bosse, Leck
Printed in Germany

Inhalt

Hörmis Kasperbood

Fröher, as ick noch 'n lütten Jung weer, dor stunn op 'n Speelbodenplatz jümmers 'n Kasperbood, un elkeenmol, wenn mien Mudder un ick dor vörbikemen, denn weer dat för mi 'n groot Pläseer, dor totokieken, un mien Mudder hett mi vertellt, datt ick jümmers an 't Jubeln weer: Nu haut der Kapter den Leder! Mit »Kapter« meen ick woll den Kasper, un dat »Leder« weer woll de Sticken, mit den Kasper dat gräsige Krokodil vermöbel. Na, op jeden Fall kunn ick dor gor nich wedder wegfinnen, de Kasperbood weer dat Gröttste för mi.

Hüüt hebbt de Kinner dat jo nich mehr so goot, Kaspertheoter gifft dat nich mehr so veel, un dat, wat se sick in Televischn ankieken köönt, ist jo denn nich laif. Man dree lütte Kinner harrn nülich dat eenmolige Beleevnis, Kaspertheoter afsoluut laif to sehn, un denn ok noch dor, woneem se dor gor nich mit rekent harrn. Ick ok nich.

Dat weer nämlich so: Vör Wiehnachten föhr ick obends vun 'n Wiehnachtsfier, 'neem ick beten wat vertellt harr, in mien 'n Wagen nahuus. Op mien 'n Weg quer dörch Hamborg weern veele Ampeln, un as ick bi een Ampel anholln müss, stunn vor mi 'n Auto, un achtern in dat Auto seten dree Kinner, de woll tähmlich Langwiel harrn. Se keken nah achtern ut 't Finster, to mi röber. Een vun de Deerns steek mi de Tung rut. Dat funnen de annern twee grootartig un deen dat ok. To düsse fründliche Inladung kunn ick nich »nee« seggen un heff ok mien Tung rutsteken. Kunnst richtig marken, wat de sick amüseern deen. Denn harrn wi grönes Licht un an de neegste Ampel keem ick wedder achter jem to stahn. De tweete Akt füng an. De lütte Jung kunn wunnerbor sien Muul scheevtrecken, man Fratzen snieden kann ick ok. Se wullen sick utschüdden vör Lachen, sünnerlich as ick mien Düvelsfratz möök. Grönes Licht – wieder. Op den neegsten Ampelstop dee ick mi nu al freien, denn Ida harr den Dag vörher ehrn rasanten Hoot in 'n Wagen liggenlaten, so een mit 'n Fedder an. De Wirkung weer kolossal. De dree Gören weern meist an 't Utflippen, so 'n automobilen Räuber Hotzenplotz harrn se wiss noch nich sehn. Sowat vun dankbores Publikum hest du jo nich alle Daag, un een Ampel wieder – de vör mi harrn woll den sülvigen Weg as ick – een Ampel wieder dee ick mi ok noch mien'n Schal vör 't Muul tüdeln. De Dree weern nu ut Rand un Band. Se klatschen in de Hannen, un ick kunn düütlich marken, datt mien Kapserbood 'n echten Renner weer. Wenn ick sowat mitkrigg, denn fangt dat Theoterbloot in mi an to brodeln. Blangenbi, op den Sitz, leeg 'n lütt Präsent vun de Wiehnachtsfier, mit Dannenstrünken un Lametta an. In de neegste Ampelszene hüng ick mi dat Lametta üm de Ohren. Kannst di nich vörstellen, wat in dat Auto vör mi loos weer. De Fohrer mutt glöövt hebben, datt siene Kinner op 'n Drogentrip weern un achter em 'n kumplett Verrückten an 't Stüür. He geev Gas, un Hörmi Hotzenplotz mit vull Spiehd achter em ran. Bi Root harr mien Kasperdrama sien'n Höhepunkt. Ick dee mi den lütten Daschenschirm snappen, de bi uns in 'n Wagen liggt, un fuchtel dor wild mit in de Gegend rüm.

Mien Publikum weer in Ekstase un ick woll ok, denn anners harr ick mitkregen, datt dat düttmol keen Ampelroot weer, nee, dat weer ’n Verkehrskuntrolle. De vör mi dröff wiederfohren un ick müss anholln. De Udl mutt sick böös verfehrt hebben, as he mi seeg; he bölk luud, un siene Kollegen kemen all anlopen mit ’n Ballermann in de Hand.
’n halv Stunn heff ick brukt, jem allens to verkloren, un Kaspertheoter speel ick nich wedder. Ick finn, dat passt nich mehr in uns Tiet.

Ssaienzfikschn

De lesten poorhunnert Meter weer he lopen, denn de Angst seet em in 'n Nacken. Vun wied her harr he sick düssen Morgen al in Dustern op'n Weg makt, dörch de leddigen Straten, vörbi an de Hüüs, wo se al in luurn deen, man düttmol wull he op seker gahn un he leep as de Wind, nüms kunn em wieswarrn. Nu kunn he em al düütlich sehn, den Roboterpalast; kolles Lüchten flacker vun de Roboterborg in den Nachtheven, de nu vun Oosten her al wat grieser wurr. He wüss, datt he blots noch knapp 'n Kilometer vör sick harr, un he versöch sick sülvst intoreden, datt he düttmol seker weer, man dor full em wedder in, wo he dat lestmol mit knappe Noot ut den gräsigen Kampf an de Roboterborg rutkamen weer – veel harr nich fehlt un dat weer sien lesten Fight west ... Bün ok nich mehr de Jüngste, grummel he vör sick hen un wisch sick de Hoor ut de sweetnatte Stirn, dat is 'n Kampf för junge, starke Lüüd ... Man he wull doch ok leven! Un de Roboter weer gnadenlos – Jung un Old müssen sick em stellen, dor geev he keen Pardon ...
He trock sick de Stebel ut. Un nu leep he liesen de Kampfallee hendal, blots sien Rasseln un Jiepen bi't Lufthalen weer noch dörch den fröhen Morgen to hören. Hunnert Meter vör den Roboterpalast keem he an dat Mahnmol vörbi, wo vör twee, dree Johren, as de Gigant to'n eersten Mol to'n Kampf ropen harr, wo domols dat grote Slachten

raast harr, he kunn sick jüst noch in Sekerheit bringen, man vun siene Frünnen un Navers harr he veele siet düssen Dag nich weddersehn – de »Grote Brägen«, as he in 'n Volksmund heet, harr sien'n Tribut föddert. Dor leeg se vör em, de Roboterborg, wittlüchtend, stumm, as in Slaap; man he wüss – de »Grote Brägen« slöppt nich! Nie nich! Vörsichtig keek he sick üm. He weer alleen. Dor nehm he all sien Moot tosamen un treed in den Kring vun dat Swatte Oog. He mark, wat dat Swatte Oog em aftasten un dörchlüchten dee. Denn, miteens, ohn datt he ok bloots 'n Toon hören kunn, weern de mächtigen Glaswannen an de Siet gleden, un he stunn vör em, vör den groten Roboter, den »Groten Brägen«, he stunn dor alleen in dat kolle Lüchten, vör de Ogen, de em stumm un sünner Geföhl anplieren, un he wüss, nu keem dat op an, nu müss sick wiesen, wat he noch kämpfen kunn!
Langsom, den Roboter fast in 'n Blick, langsom trock he de lütte Zauberkoort ut sien Tasch, de Zauberkoort, de em de gode Fee in sien Bankfiliol so geheemnisvull geven harr, un he wüsper liesen de magischen Tallen vör sick hen, de he butenkopps lehrt harr, vun de he nachts drömen dee, de em nich wedder loosleten, de Tallen, de mit sien Zauberkoort sien eenzig Middel weern, sick in den gnadenlosen Kampf tegen den Roboter to verdeffendeern.
He greep an. Fix as de Blitz stött he den Groten Brägen de Scheckkoort in de Bost, de Gigant reet sien Chrommuul op, he drück em siene magische Tallen in de Tasten un jump wedder trüch. Jüst noch bitieden! Denn böösartig snapp den Roboter sien Muul to.
He luuer op den Gegenslag – dor keem he! De Zauber-

koort wurr wedder utspeen, un de Koloss blink tücksch: PIN-Nummer falsch! Bitte neu eingeben!
Mit tatterige Hannen stött he siene magischen Tallen to'n tweeten Mol in de Tastatur – buten kemen se al neger, he kunn Kampflarm hören, dat wütige Ropen, dat Lopen ... Da – gottlov, de Roboter geev op, sien Zauberkoort keem trüch un de Schatzkammer leeg open vör em: Dor funkeln un glittern se vör em in öbereerdsche Pracht: Veerhunnert Mark!!! Mit »Hurra!« reet he Piepen un Zauberkoort an sick un storm nah buten, jüst noch in Sekerheit vör de grote Armee, de nu anrull, vör de Slacht, de nu anfüng – sünnobendvormeddags an den Geldautomaten vun Bank oder Sporkass ...

Echt sozial!

Also ick heff dat jo al jümmers kamen sehn – so güng dat nich wieder! Denn dat weer doch afsluut nich sozial, un ick meen, wo leevt wi denn, nich? Hüüt hebbt wi doch all de sülvigen Rechte – naja … de Fruunslüüd noch nich so recht – man dat brukt jo allens sien Tiet! Op jeden Fall: Datt blots de rieken Lüüd sick 'n tweetes Huus oder Appartemang leisten köönt, dor is dat nu vörbi mit, tjäwoll! Nu köönt wi dat all! Un de 'n beten op 'n Kien is, de hett sick al lang veer grootartige Rendite-Objekte spendeert: Eenmol 'n Räntsch, denn 'n halves Slott, drüttens 'n kumplettes Krankenhuus un denn noch – woveel sünd dat egentlich … veer, fiev – na, so acht bit teihn Mietwahnungen. Räntsch un Slott bi Uncle Sam, Krankenhuus in'n Schwarzwald un Wahnungen in de Lindenstraat. Also kann he meist nich mehr tohuus blieven. Man dat hölpt jo allens nicks – Rieksien is nu mol keen Zuckerslicken. Dat Problem mutt de vun't Fernsehn so bannig op de Seel legen hebben, datt se echt mit 'n sozialen Rundslag op de wehrlosen Bundeskieker loos: Dallas, Denver, Schwarzwaldklinik, Lindenstraße. Un is dor jüst so as in't würkliche Leven – weeßt nie nich, wat in de neegste Folge allens passeert; un dat is woll ok goot so, denn bi soveel Schicksol, Probleme un Trabbl kunnst jo angst un bang bi warrn. Man so leeg dat in düsse Serien ok kamen mag – du büst dor blots op Besök, un is denn anners, as wenn du 'n Fe-

rienhuus hest, 'neem du den verstoppten Lokus sülvst wedder freegrabbeln muttst.
Un liekers hebbt dor veele Minschen swor an to dregen, datt se nich weet, wat noch op jem tokümmt, un dütthalven bün ick ok so häppieh, datt ick di tominnst op dütt Rebeet 'n poor Sorgen afnehmen kann, denn per Tofall heff ick rutkregen, wat in de tweehunndertachtigste Folge vun de Swattwaldklinik anliggt, un du kannst di dor nu bitieden op instellen, also pass mol op:
De Perfesser Brinkmann – is jo klor, datt de al op Rente is, nich, man sien Filius, düsse tücksche Blinzelsmailieh mit sien'n maladigen Schwesterntrieb – also de langt jo nu gräsig hen! Eene Miss Blinddarm nah de annere ritt he sick ünnern Nogel, bit dat denn sowiet is: Hett he grod so'n rieke Tussi bi'n Wickel un will ehr trangschieren, is al merrn in de Nacht, un kann he denn mit sien'n slaapmützigen Orgienblick den Blinddarm nich finnen – nu kümmst du! De Mudder liggt al fiev Stünnen in Narkose, siene Assis pennt ok middewiel, is meist al Tiet to'n Fröhstücken, un löppt also gor nicks mehr, blots noch de Tiet, un nu, jo, nu mutt eben noch mol de olle Perfesser ran. Christa rullt em ut de Puuch un treckt em fix de Rheumabüxen an un denn schuvt se ehrn Tatterpappi rin in'n Slachterladen, ran an den Haublock. De Perfesser hett furts allens ünner Kuntrolle, blots nich siene Ogen – kann he also man grod noch mit Lupe arbeiten. He wickelt rasant erstmol teihn Meter Darm op, finnt sogor den richtigen, un to'n Sluss fallt em de Lupe in de Lähdie. Na, what shalls, nüms hett wat markt, is ok al Meddag, un Sascha dröfft de Daam wedder toknütten, Sense. Goot.

Man denn, nah veerteihn Daag: De Blinddarmmiss egolweg an't Jammern un Lamenteern, worüm se jümmers grötter un dicker ward, ut Dallas un Denver flüggt een Perfesser nah den annern ran – sogor de, de Lucie ehrn Hals wegopereert harr – ut de Lindenstraat schickt se 'n gemischten Chor mit twintig Minuten Ave Maria, un ok Doktor Erwin Markus hangt Dag un Nacht an de Strippe, man dat hölpt allens nicks – de Patschentin mit ehre achthunnert Pund hebbt se al in de Garaasch afstellt – dor ennelk ward Perfesser Brinkmann wies, datt siene Breefmarkenlupe weg is – he wull sick nämlich sien'n Honorarverdrag ankieken – un nu is allens rodscher: De Lupe in de Tussi hett ehr vun binnen grötter makt! Se ward hektisch wedder opsnippelt, statts de Lupe 'n ümdreihtes Opernglas insett – wat jo allens wedder lütter makt – un acht Weken later heirot de Filius de rieke Schrumpfmadam, Ende, Musik vun achtern un vun vörn – es folgen die Nachrichten!

Tohörers

Also wenn mi een Saak bannig nervös makt, denn sünd dat de Reakschonen vun Lüüd, de ick wat vertell. Nu ward jo twars seggt, Tohören is 'n Kunst, man op de anner Siet is dat ok 'n Kunst, mit de veelen Arten vun Tohörers klortokamen, ohn datt du vergittst, wat du seggen wullt. Ick will mol versöken, de ünnerscheedlichen Typen vun Tohörers hier vörtostellen.

Dor ist eerstmol de Slangen-Typ. Wenn du em wat vertellst, kiekt he di stur in de Ogen, rippelt un röhrt sick nich, du weetst nich: Slöppt he? Is he doot? Oder büst du in 'n Panoptikum? Wenn du fardig büst mit Vertelln, schüddköppt he kott un freit sick, datt du fardig büst.

Denn gifft dat den Wegkieker. Wenn du to em wat seggst, kiekt he allerwegens hen, blots nich op di. Sien hektisches In-de-Gegend-plieren gifft di dat dringende Geföhl, datt he nöödig to 'n Pinkeln mutt. Sowat nimmt di de Roh un du vergittst denn licht de Pointe in dien Story.

Beten gediegen is ok de Slaaphörer. Wenn du em wat vertellst, makt he de Ogen to, un wenn he ok liekers nich snurkt, so büst du doch nich seker, wat he noch op düsse Welt is. All fiev Sekunnen nickköppt he, jümmers mit toe Ogen un süht dor fein besopen bi ut. Eerst wenn du miteens mol bannig luud snackst, markst du, datt he nich blots de Ogen, nee, ok noch de Ohren dicht hett. Düsse Lüüd hebbt veel Talent to'n Püschiater.

So, dat weern de stummen Typen.
Nu kaamt de Sabbelfritzen. Wenn du de wat vertelln wullt, denn is dat 'n richtigen Kampf. Dor hebbt wi eerstmol den »Ach wat?«-Roboter. All neeslang un jümmers wenn dat afsluut nich passt, röppt he luud: Ach wat? Oder ok: Nee! Segg blots! Op düsse Wöör dröffst du nich veel geven, denn he meent dor gor nicks mit, dat is blots so'n Art meditativen Hickop. Denn wedder gifft dat welk, de seggt achter elkeen Satz vun di: Ei gucke! Nein! Gottchen! Das ist ja ... köstlich ist das! Op düsse Wies ward ut dien Vertellen 'n Duett un ut di 'n Tosegger, 'n Soffleur. 'n beten nervig is dat al, vör allen wenn dat, wat du seggst, egentlich gor nich so fetzig is, un du di över de ekstatischen Kummentare echt wunnerst.
Besünners geern mag ick de »Dat-is-jo-noch-gor-nicks«-Typen. De kannst du vertelln, datt du op'n Maand west büst, denn weern se al op de Venus. Oder di hebbt se den Blinddarm rutsnippelt – denn hebbt de al gor keen Darm mehr. Un wenn du stolt vertellst, du hest di 'n Hemd mit 'n Krokodil op köfft – wees seker, de dreegt dat Beest op de naakte Bost tätoweert. Kümmst eenfach nich an 'n Drükker. Amenn büst du so frustreert, datt du blots noch tohöörst, un dat is jo nu würklich dat Leegste.
Welk Lüüd sünd ok 'n beten harthörig un bringt di mit jem ehr permanentes »Bitte? Wassis?« so dörchnanner, datt du allens dree- un veermol vertellst un denn womöglich to'n eersten Mol begriepst, wat du seggst. Ick kann mi besinnen, datt ick 'n Macker mol 'n Witz dreemol vertelln müss, ehr datt ick mitkreeg, datt he gor nich harthörig weer. Düsse Sadist hett mi achteran seggt, datt he den Joke al

kennen dee, man so beknackt as ick harr em dat noch keeneen vertellt.
Man noch gräsiger as all de Tohörers sünd jo de, de egolweg vertelln doot! Un di dorbi so dicht op de Pelle rückt, datt du meenst, bi all den Knoblauchatem hest du nu Giros in de Ohren.
Segg sülvst – is dat nu nich schöön, datt wi twee anners sünd? Du hest mi wunnerbor tohört, un ick hör nu wunnerbor op.
Tjä, tjä, tjä – gifft doch noch glückliche Tofäll op düsse Welt …

Positschonen

Naja, bi dat Militär, dor ward di jo seggt, ob welk Art du di henstellen schallst, also wenn dor so'n poor Lüüd rümstaht, denn bölkt een mit'n poor Winkel mehr op de Jack »Stischtann!«, un all gaht se denn höllsch in de Vertikole un rippelt un röhrt sick nich; un in de hoge Politik is dat ok eenfach, denn dor gifft dat statts 'n zackigen Gröhlfritzen dat Protokoll, un dat schrifft di ok vör, in wat för'n Fassong du dien Boddieh bringen schallst – seker, beten wat kumplizeerter is dat denn al, dat is wohr, un müss unsen Kanzler dor wiss eerst düchtig op studeern, ehr datt he dat intus harr. Heff ick nülich wedder sehn, as dor hogen Staatsbesök in Bonn weer, vun allerwegens, un kunnst düütlich marken, wo penibel uns blauen Helmut allens lehrt hett, denn he kunn nu sogor de annern wat bibringen, to'n Bispill as he mit sien'n franzööschen Macker de Ehrenkumpanie an't Afstebeln weer – dor is jo besünners de Wende riskant, man dor hett uns Regierung jo tähmliche Praxis in, un hett he siene protokollarischen Ballettschreed ok korrekt afsolveert un is nich mol stulpert bi de Kehrtwendung, wo sien Kolleeg meist bi in Tüdel keem, also dor lett sick uns Kanzler nicks mehr in vörmaken.

Man wenn du nu keen Winkelbölker un keen Protokoll to Hand hest, denn ward dat problematisch. Mol seggen, 'n poor Piehpl kaamt tosamen, op'n Empfang, 'n Meeting, Party oder jichtens 'n annern Tüdeltalk, denn kannst richtig marken, wo de Lüüd – sünnerlich de Mannslüüd – in de Bredullje kaamt! Stöhl gifft dat dor jo mehrsdeels nich, un so heet dat nu, diene Extremitäten in't Stahn apartig to arrangscheern.

Tovörderst mol brukst du 'n Glas. Dat Glas is sotoseggen de eenzige sekere Punkt in dien Positschoon, denn dat mutt graad hollt warrn, anners löppt di de Knallkööm op de Büx. De Grundstellung för Anfänger süht denn so ut, datt se sick breetbeenig henstellt, Föötafstand fievundörtig Zentimeter, dat Glas mit beide Hannen fasthollt, un dat langt denn al. Düsse Positschoon is ok för den Könner sinnvull, wenn he al dat teihnte Glas leddig hett. Blots datt de Saak 'n beten statisch utsüht, un makt licht den Indruck, datt du nich flexibel büst. Wenn du also 'n beten mehr vun di hermaken wullt, denn söchst du di 'n Standbeen ut, nah Möglichkeit dien eegen, dat annere Been beten schräg nah vörn stellen – man nich to wied, anners pedd di welk op de Lackpömps, de linke Hand in de Büxentasch – wat sünnerlich wichtig is för den Fall, datt dien Büx rutscht – un in de rechte Hand dat Glas. Blots smöken kannst du denn nich. Wenn du ok noch smöken wullt, denn kannst du wedder dien Büx nich fastholln, oder aber du hollst Schmöök un Glas in een Hand, wat denn aber blots för Profis döcht, anners fallt di de Lulle in dat Labberwater oder du sengelst di bi't Drinken dat Toupee an, wat jo nich vörnehm rüükt. Mennigmol staht jo op so'n Empfang ok 'n Stellaasch, 'n Schapp oder den Gastgever sien Fruu rüm, denn kannst ok driest de Krüüzbeenpositschoon utprobeern. Een Ellenbogen op de Stellaasch oder wat sick jüst finndt – de Lähdie dröff aber nich to groot sien, anners süht dien riehläckste Haltung beten gediegen ut – in de anner Hand dat Glas, dat linke Been öberkrüüz achter dat rechte, linken Foot op de Spitz – staahk, segg ick di! Un wenn di dat allens noch nich langt, also wenn du dor an wennt büst, allerwegens de boberste to sien, denn pass op: Linken Ellenbogen op de Stellaasch oder – na, dat heff ick jo al seggt, in de linke Hand dat Glas un den Schmöök, de Hand mit Schmöök un Glas an dien Denkerstirn, wat di'n rasant intellektuellen Tatsch gifft, de rechte Hand in de linke – nee, beter de rechte Büxentasch, linkes Standbeen fast op'n Bodden un dat rechte achtern öberkrüüz, rechten Foot op de Spitz un stieren as 'n kranken Wauwi oder Humphrey Bogart. Blots wenn dien Stellaasch weglöppt oder di een schubst, denn sühst du old ut. Man wenn du eerst mol sowiet kamen büst, denn schubst di ok keen mehr – dor ward dat Protokoll al oppassen ...

Lyrischen Hammer

Mennigmol kümmt dat jo öber mi, denn heff ick dat Geföhl: So geiht dat nich wieder! Sünnerlich wenn dor mol wedder so'n nobeln Literaturpries utschrieven is, un all de Goethes un Schiller sünd denn hektisch an't Kunstmaken. Un ick stah denn dor un frog mi: Schall dat nu allens west sien? Blots jümmers wat in »Hör mal 'n beten to« vertellen? Un wat is, wenn ick mol hunnert Johr doot bün? Denn seggt de Lüüd womöglich: Och de – naja, vertellt hett he jo 'n barg, man Kunst? De hett he nich makt. Süh, dor heff ick as sensibeln Minschen swor an to dregen. Sünnerlich, wo ick doch afsluut seker weet, dat in mi 'n groten Dichter »schlummert«. Dat heet – ick glööv, bi mi »schlummert« he nich, bi mi slöppt he fast. Man dat is eendoon – so geiht dat nich wieder.
Nu is dat jo aber nich so licht, op Platt Kunst to maken. Op Hoogdüütsch, jo, dat is nich swor, wenn du di dor beten unklor utdrückst, denn kannst licht hebben, datt dat Kunst ward. Man op Platt un denn noch unklor – dat leest denn blots 'n poor Piehpl ut 'n plattdüütschen Vereen, un wenn de meent, dat is Kunst, dor kann ick nich veel mit anfangen. Nee, miene plattdüütschen Riemel mööt al so kunstvull sien, datt de ok normale Minschen verstaht.
Wichtig för de Kunstprodukschoon is vör allen dat Ambiente. Wat dat is, weet ick nich recht, man wichtig is dat. Dat Ambiente is woll sotoseggen de Rahmen, in den du di

de Kunst ut de Poten suugst. Mol seggen, an'n eensomen Strand, un dütthalven steek ick mi ok jümmers Poppeer un Bliesticken in, wenn ick an'n Strand gah. Op de Duur aber ward dat düür, vunwegen den Wind an'n Strand, eenmol sünd mi twintig Blatt opmol wegflagen. Dat schall mi aber nich dorvun afholln. Ick sett mi denn heel wied weg vun den Badetrubel in 'n Sand und mehrsdeels ok in Teer, man dat mark ick eerst obends, wenn ick mien Büx uttreck, un denn laat ick all de Stimmungen op mi dalkamen: De Wulken an'n Heven, Möwen krieschen, de Wellen treckt hen un trüch, bi lütten krigg ick 'n kollen Mors, un denn geiht dat ok al loos mit de Kunst. Ick plier över dat Water, kau op Sand un fang an mit mien unvergängliches Opus: Water, Water, gries un witt – süh, dat is doch al wat! Nu mutt ick wat finnen, dat op »witt« passt ... Kitt? Nee, dat is keen Platt ... Hitt, jo, dat hört sick goot an ... Sand un Sünn un Sommerhitt – nu ward dat al 'n passobel Riemel! Water, Water – also düchtig veel Water – gries un witt, Sand un Sünn un Sommerhitt – kannst mi nahföhlen, wat dat för'n Stimmung ist? Dat heet – mien Achtersen ... ick harr mi beter 'n Wulldeek mit inpacken – ick seh dat al kamen, bi mien empfindsome Bloos, de neegsten Daag mutt ick seker all neeslang to'n Pinkeln ... mi is, as stunn ick nu al ünner Druck, un mien Riemel ward denn so 'n beten wat kraftvuller: Water, Water, gries un witt, Sand un Sünn un Sommerhitt, eerste Wulken, Schuum un Brusen, blanke Hans – he kümmt mit Susen – also wenn dat nicks is! Jüst as dat so is an de See, vun een op 'n annern Ogenblick dat Inferno! Is twars noch nich so dull, dat Inferno, man ick föhl dat al in mi ... egentlich mehr in mi as vör mi

... ick harr man nich den kollen Appelsinsaft to'n Fröhstück op een Sluck ... is 'n rejelles Inferno in mien Magen ... man dat is egol, tovörderst ward nu Kunst makt: Water, Water, gries un witt, Sand un Sünn un Sommerhitt, eerste Wulken, Schuum un Brusen, Blanke Hans – he kümmt mit Susen, bringt de Minschen Pien un Not ... un ick heff Smachter un keen Broot – naja, dat leste passt nich so goot, dor mutt ick mi morgen noch wat anners infallen laten; morgen sett ick mi ok lever op de Strandpromenood, akraat bi de Toiletten – mi dücht, dat Ambiente is beter för mien Kunst ...

Musischen Plörr

Also nich datt du nu gläövst, ick bün 'n amusischen Minschen, sünnerlich wat de Musik angeiht – dat op keenen Fall! Musik hören un Musik maken, dat is 'n groten Spoß för mi. Ick stah op Jazz, Rock un sogor an 'n fetzigen Slager kann ick mi delekteern, jo un wenn 'n Ministerpräsidenten sick mit sien 'n ganze Familie een afklimpert oder 'n Bundespräsident boben op den gelen Wagen bi sien 'n Swager sitt un an 't Jodeln is – mientwegen ok dat; vun klassische Musik verstah ick nich veel, man geern hören mag ick ehr liekers: Also dat mööt wie eerstmol fastholln. Blots op een Saak kümmt mi dat dor bi an: Wannehr un woneem ick Musik hören do – dat much ick nu bittesehr sülvst bestimmen!
Süh, un dütthalven fuchst mi dat bannig, wenn ick mi allerwegens tegen so 'n Art auditive Nootzucht verdeffendeern mutt!
Pass op: Nülich, nich, dor sünd Ida un ick nah Wangeroog röberschippert, ick harr dor op 'n Bunten Obend 'n beten wat to vertelln. Weer 'n feinen Dag in 'n September, un wi hebbt uns richtig freit op de kotte Seefohrt. Sutje seil de lütte Damper dörch die Wellen, de Möwen krieschen, de Sünn lach vun 'n Heven – weer 'n wunnerbor Belevnis. Denn harr de Kaptein den maladigen Infall, dat Radio antomaken, un vörbi weer dat Vergnögen. Achtern, vörn un an de Sieden blarr uns nu Heino un Konsorten de Ohren

vull, un de feine Stimmung in Dutt un kaputt. Verdammi noch mol – wat fallt egentlich de Lüüd in, mi allerwegens mit dütt muskaalsche Spölwater nattopinkeln? Un kannst dor jo nich mol vör weglopen, un afstellen geiht ok nich! Oder in'n Supermarkt: Du wullt blots wat inköpen, büst op 'n Kien, datt du ok dat finnst, wat du hebben wullt, un denn – egolweg muttst du di düssen muskaalschen Dünnschiss anhören! Worüm? frog ick mi! Un de Supermarktpüschologen grient clever un weet, datt de richtige Musik Kunnen to 'n Köpen animeert; de denkt denn nich so veel an 't Betohlen, de sünd denn blots noch happy. Also ick bün denn nich happy. Un noch leger ward dat, wenn di twüschen de Musik all neeslang so 'n dynamischen Nödelfritzen de Sünnerangebote vörlabert – gräsig!
Dat wurr mi nu würklich mol interesseern, wat ick nu de eenzige bün, de sick öber sowat argert! Ick heff mennigmol dat Geföhl, de mehrsten Minschen hört dat al gor nich mehr oder hebbt sick dormit affunnen. Wenn dat aber nich so is, wenn anner Lüüd dor ok böös wütig bi ward – worüm doot wi denn nicks dorgegen?
Stell di vör, du kümmst in so 'n muskaalschen Supermarkt oder Kööphuus un seggst den Chef, datt du blots wat inköffst, wenn de Musik oder dat Gelaber afstellt ward, un mit di seggt dat noch hunnert Lüüd mehr an 'n Dag – meenst nich ok, datt de sick dat öberleggen wurr? Ick meen, wi laat uns anners hüüt doch ok nich mehr allens gefallen – worüm jüst dat?
Tominnst stell ick mi dat nich so swor vör as bi dat infamigte Argernis mit de Postreklaam, de di elkeen Dag kiloweis in 'n Breefkasten proppt ward. Den Dreih heff ick

noch nich rutfunnen, wo ick mi dor tegen verdeffendeern kann! Kannst an de Firmen schrieven so veel as du wullt – dor scheert de sick gor nich üm. Poormol bün ick mit de buntklörigen Breeven un düssen Poppeerramsch al to Post lopen un heff de »Annahme verweigert«, man holpen hett dat bit nu nicks.

Segg mol – kann mi dor nich mol een bistahn? Mi eenfach mol 'n Postkoort schrieven un verkloren, wat ick dor tegen maken kunn? Un vertell mi ok, wat du öber de Musikberieselung denkst – man nich so 'n Tühnkraam, wo Ida mi in de Ohren mit liggt, datt ick in 't Auto jümmers dat Radio an heff, un se mutt sick dat denn anhören! Dat hett mit uns Thema nu nicks to doon!

De Grote Wunsch

Nee, dor kannst seggen, wat du wullt: Wi gaht mit sloten Ogen dörch de Welt! Is mi annerlest eerst wedder opfullen, wat dat doch för 'n barg Beleevnisse gifft, vun de ick bit nu nie nich glöövt harr, dat kunn jichtenseen intresseern. Naja, wat so düsse Televischn-Familie vun de Glücksspirale makt, op jem ehrn Horrortrip querbeets – verstah ick, datt veele Lüüd sick sowat ok mol wünscht; mutt jo nich glieks mit düsse Familie sien. Un Lottoking sien oder sick annerwegens Fortuna ehr Füllhorn öbern Baffi – is gebongt. Gifft eben veele Arten vun Glück, ick mutt se jo nich all kennen.
Man as ick dat nülich in düsse eene Programmzeitschrift lesen dee, dor heff ick mi denn doch bannig verfehrt un mi frogt, woso een an sowat Pläseer finnen kann. Stell di vör: Dat weer woll so 'n Radel oder Quiz för de Lesers – so nipp kann ick mi nich mehr besinnen, un dat is ok gor nich so wichtig – op jeden Fall: As Priesen geev dat nu wat heel Gediegenes! Nich vunwegen poor dusend Mark oder Weltreis oder Luxuskalesch oder Huus mit Gaarn – nicks, du! As Pries kunnst du to 'n Bispill gewinnen, op Kuli siene Schaluppe mittoseiln, bi Inge Meysel Koffee to drinken oder sick vun Rudi Carell Holland wiesen to laten.
Eerst weer ick richtig baff, un denn heff ick mi utmolt, wat woll mit den passeert, de so 'n Pries nu winnt: Also nehmt wi mol an, Hinnerk ut Bosseldörp, tweeuntwintig, hett

dat Los mit vulle Wucht dropen – he schall nu to uns Fernsehmudder to 'n Koffeeslabbern. Eendags, Klock veer, steiht Hinnerk mit fiev Blomen un twee Pressefotografen vör de Televischn-Villa. Madam hörself makt de Döör op, is echt happy, datt Hinnerk ehr besöcht – mol för den eenen Fotografen, mol för den annern, denn geiht dat in de gode Stuuv, Hinnerk stulpert al öber den eersten Perser, un dat ohne Fotografen, to 'n Koffee gifft dat Tee un »Was machen Sie denn beruflich, Hinnerk?«, nah 'n Koffee Konjack ut 'n Kristallbuddel un wedder 'n poor Opnahmen mit Hinnerk vun achtern un Inge vun vörn, denn so ward Hinnerk wedder rutbrocht un kennt nu ennelk, wat he sick jümmers wünschen dröff un annere jümmers hebbt – ut em is 'n glücklichen Minschen worrn.
Mathilde Stutz, achunföfftig, hett 'n Inladung op Kuli sien Seilschipp wunnen. 'n leevlang hett se Kuli in siene Shows bewunnert, sünnerlich wenn he sick in sien 'n EWG-Quiz to 'n Sluss in sien 'n Paletot hölpen leet – 'n würklich staatschen Kirl! Nu schall se em vun Angesicht to Angesicht ... un denn noch op See ... wo dat so schunkelt ... Mathilde is half bang un half vun Sinnen; man dat hölpt nu nicks, een Morgen ward se vun tohuus, ut ehr annerthalf Zimmer-Wohnung, Kaltmiete tweehunnertveer Mark achteihn, afhalt, se is extra to 'n Friseur west – tweeunveertigföfftig, tosamen mit de twee Fotografen to dat Schipp karrt, un boben, heel boben an de Reeling – Blende tweeuntwintig – steiht Kuli, stulzeert rünner to ehr, jüst so as domols bi EWG, blots de Butler fehlt, Mathilde tippelt an Bord, un wieldess Kuli as in de Televischnwerbung blots dree Dinge brukt – Füür, Piep un düssen starken Toback – wieldess

brukt Mathilde 'n Daschendook, denn dat Schipp dümpelt in Kabbelwater, un Mathilde is kott vör 't Speen. Kuli denkt an siene proppern Polster in de Kajüüt, un de Fotografen knipst jem noch mol fix, ehr datt Mathilde ... op jeden Fall weer dat 'n grootartiges Beleevnis för Mathilde un de Programmzeitschrift; un dat leste Bild wiest denn Mathilde, as se ut 'n veerten Stock winkt, mit ehrn Kater Mohrle in 'n Arm, un nu weet se ennelk, wo dat utsüht, wenn grote Wünsche wohr ward ... na, morgen fröh, op 't Sozialamt, dor ward se Ogen maken, wenn se jem dat vertellt ...

Wat mi angeiht – mien gröttsten Wunsch heff ick nich funnen op de List: Ick muck to geern mol teihn Minuten ünner veer Ogen snacken mit den, de sick sowat utklamüstert hett ...

Ut un vörbi

Egentlich dröfft dat sowat as mi gor nich mehr geven – ick bün 'n Monster. Un wokeen is dor Schuld an? Ick sülven. Denn ick bün eenfach nich mit de Tiet gahn. Wenn ick mol, so as nülich, wo ick 'n poor Daag Tiet harr, wenn ick mol so in 'n poor Illustreerte rinkiek, denn kaamt mi de Tranen un ick föhl mi denn gräsig alleen, bün echt out un heff mit mien halv Johrhunnert dat Leven achter mi. Un nich blots dat – ick bün, so dücht mi, ok dat eenzige Fossil, dat so deit, as kunn dat egolweg so wiedermaken, as weer nicks passeert.
Mit dat Geld fangt dat an. Datt ick keen rieken Mann bün, dor heff ick mi jo bi lütten affunnen. Man datt ick miene poor Piepen ok noch mit mi rümdreeg, dat is 'n Schann is dat. Woso heff ick keen Plastikkoort? Wenn een hüüt noch as Minschen ankeken warrn will, denn betohlt he siene Fritten nich mit schietige Groschen, nee, denn wiest he sien Plastikkoort un haut sien Willem ünner de Reken, so süht dat ut. Ick kenn richtige Minschen, de hebbt 'n vullen Canasta vun dütt Speelgeld, un ick mit miene Klimpermarkstücken kunn mi richtig kriminell vör.
Denn de Klamotten. Ick mag dat gor nich seggen hier, man ick heff 'n Antoog. Mit Büx un Jack. Sogor twee, to 'n Wesseln. Un de passt mi sogor! Fehlt keen Knopp an, un schietig oder knitterig sünd miene Antöög ok nich. Sowiet is dat mit mi kamen. Wenn ick doch tominnst de Büx as

Schal dregen dee oder de Jack mit abbe Arms as West, man nee – fallt mi eenfach nich in. Miene Hemden hebbt Krogens, de Slipsen tüdel ick mi üm 'n Hals un nich üm de Knee, un vun Cashmere weet ick blots, datt dor keen Bus henfohrt. Vun miene Pedders mag ick al mol gor nicks mehr seggen. De sünd swatt, bruun un beige un blankgniedeln doo ick jem ok. Ick heff ok witte Turnschoh, man de treck ick blots an, wenn ick mol ut Versehen mit Sport innegang bün, un nich to 'ne Sylvesterparty oder Beerdigung. Un dütthalven heff ick ok keene Sweetfööt – nich mol dat!

Man ünner de Kledaschen bün ick sotoseggen ut de Steentiet. Ick heff leest, de Tieden, wo 'n Kirl sick mit Water un Seep waschen dee, de sünd afsluut vörbi. Wat so 'n richtigen maskulinen Boddieh is, de mutt pleegt warrn, mit Smeer, Druppen, Püsters un Puder. Anners is he 'n Stinkie. Dien Fäihss mutt 'n Piehling hebben, de folerige Hals ward mit Kaviarextrakt masseert, un dree Stünnen Nogelsnippeln is echt riehläcksend. Dien Täng ward ünner de Sünnenbank bruun as 'n vullscheten Kinnermors, un Pauer kriggst du in 't Fitnesscenter för dreehunnert Mark dat Pund. To de Fitness hört ok noch Jogging dorto, in babyrosè, mit Sweetband üm 'n Arm un güllen Krüüz vör de Bost.

Un ick? Ick heff 'n Buuk, keen Plastikkoort un Piehling mak ick blots mit 'n Appelsin. Ick bün 'n lebennigen Doden, 'n Neanderthaler, 'n Mumie.

Och, Lüüd – ick bün jo so down …

Wenn ick mi all de schnieken Bubis hier in dat Heft ankiek … sünnerlich de hier … hehe … mit sien 'n apartigen

Stoppelsnitt – süht ut, as weer he ünnern besopen Rasenmeiher kamen, hehe, oder düsse Dressmann mit sien kraftvulles Smailing – ick glööv, de slickert 'n Lolly quer in 't Muul ... hehehe ...oder hier, de mit de geelen Flatterbüxen un de Teihndusendmarksklock ünner sien Slabberjack – segg blots, is dat öberhaupt 'n ... nee, dat is doch ... also nu bün ick heel unseker ... hehe ... na, Hauptsaak, he weet dat – un ... och nee, kiek mol – de hier in sien posseerlichen Badeantoog, hehehe, datt de Pell nich rieten deit, hohoho – oh, Momang ... woso bün ick egentlich so fidel mitmol –? 'n fideles Fossil – dat gifft dat doch gor nicht! Also dat mutt ick seggen – dor kóönt de Fruunslüüd sick 'n Schiev vun afsnieden: 'n Mumie to 'n Lachen bringen ... hehehe – dat kóönt blots Mannslüüd, sünnerlich, düsse niegen, coolen, softigen, rieläcksten, düsse ... hehehehe ... oh Mann – wat schüllt wi blots vun di holln –?

Spreekstunnen

Wenn ick mol Lust heff, 'n Mundvull to snacken mit mien Fründ Kalli Glubber, denn gah ick eenfach hen to em oder ick roop em an. Wenn he denn tohuus is, denn klappt dat ok un is also afsluut keen Problem. Beten sworer ward dat al, wenn du mit dien Dokter oder Afkaten snacken wullt. De Doktor hett siene fasten Tieden, wo he op di luurt, un wenn du de inhollst un 'n poor Stünnen Tiet mitbringst – to'n Töven, nich to'n Snacken, dat geiht jümmers bannig fix – denn hest ok dor 'n rejelle Schangs. Poor Dokters un ok de Afkaten makt dat ok noch »nach Vereinbarung«, dat heet denn, datt du di de Tiet beten ok nah dien egen Gusto utsöken kannst, un he dat Honorar kumplett nah sien egen Vörstellung. Du markst al, dor ward dat wat kumplizeerter. Naja, un denn gifft dat noch so normale Minschen as den Bundeskanzler oder den Papst, un mit de kannst du denn nich eenfach snacken, dor heet sowat Audienz. Also warrst du dor mehr anhört, as datt du to'n Snacken kümmst. Man mag dat nu sien as dat will – wenn du mol so'n Audienztermin hest, denn brukst di keene Sorgen mehr to maken, denn is allens rodscher.

Man richtig anfangen deit de Trabbl eerst, wenn du mit een vun de würklich Babersten snacken wullt, seggt wi mol in jichtenseen Bedreev den Personalchef, een, de dat Seggen hett in 'ne Behörde oder ok öffentlich-rechtliche

Anstalt. Woneem dat is, is nich so wichtig – Hauptsaak, du wullt wat vun em, un nich he vun di, dor kümmt dat op an.
Hehe, kennst doch seker dat Märken vun Hans Christian Andersen, vun dat Füürtüch, wo de arme Suldat 'n Schatz halen schall un mutt dütthalven an so gräsige Hunnen vörbi, de eerste mit Ogen, so groot as Ünnertassen, de tweete mit Ogen as Wagenrööd un de Drütte – magst di meist nich utmolen! Man op jeden Fall – he kriggt dat allens in de Reeg, denn he is eben 'n tapfern Suldat un dat allens is blots 'n Märken. In de Realität süht dat anners ut. Dor ward de mehrsten Lüüd al vun den eersten Wauwi opfreten: also seggt de Sekretärin, de drütte Wauwi hett leider keen Tiet, un du schallst man tovörderst mol schrieven, wat du vun em wullt. Wenn du dat deist, denn smiet dien Breef man furts in 'n Aschammer statts in 'n Breefkasten, dor is keen Ünnerscheed. Dat eenzig Gode an de Saak is, dat du nu weetst, wo du op de soziale Ladder steihst – heel ünnen.
Af un an kümmt dat nu vör – un dat süht denn al meist as 'n Märken ut – datt een plietschen Dutt sick an den Zerberus vörbischummelt un denn hett he den Persönlichen Referenten vör sick. Dor heet dat denn, nich bangbüxig to sien un driest seggen, wat du wullt. Man vörsichtig – besinn di, wat ick över de Ogen seggt heff! Wenn he 'n goden Dag hett, an 'n tweeundörtigsten Mai, oder sien Fruu is op Reisen, denn hest du'n rejelle Schangs, datt dien Droom wohr ward. He gifft di wedder torüch an den eersten Wauwi, un de Lähdie snackt un mit di as mit 'n olen Bekannten, denn du hest jo al höögstpersönlich mit den Persönlichen Refe-

renten snackt, un denn kümmt de grote Ogenblick: Du kriggst nu wiss un wohrhaftig 'n Termin bi den babersten Oberwauwi! Dunnerslag! Is keen Jux, un womöglich hest dat 'n poor Daag later ok noch schriftlich in de Hannen. Du föhlst di nu echt as Hans in 't Glück, un üm dien Tokunft is di nich mehr bang. Denn wat du swatt op witt hest, un verspraken is verspraken – dor kannst woll op buun. Seker – in 't Märken.

So aber kriggst du twee Daag vör den Termin 'n fründlichen Anroop oder ok Breef, un leider, leider is den Wauwi Nummer dree wat förchterlich Wichtiges dortwüschenkamen, so vun Eerbeven an opwarts. Un he ward sick afsluut bestimmt wedder melln, denn jüst dien Saak – dor hett he al sien ganz Leven op luurt, un he kunn al gor nich mehr slapen, so dee em dat intresseern. Klick.

Is dat nu noch 'n Wunner, datt ick 'n Märkenfan bün?

Spegels

Spieglein, Spieglein an der Wand, wer ist die Schönste hier im Land? Hehe, dat is jo ut 'n Märken, man ick heff in all de Märken, de ick kenn, noch keen Snack funnen, de so düütlich wat över de Minschen utseggt as düsse! Mit Spegel hebbt wi woll all to doon, vun lütt op an bit in 't Graff, jo, dat gifft Minschen, de muchen an leevsten in 'n Spegelsarg liggen, wenn se doot sünd; so verleevt sünd se in ehr Spegelbild.

Bi 'n Putzbüdel kannst dat wunnerbor marken: Is egol, wat dat nu 'n Dressman oder Jan Dattel vun Wimmer un Co. ut dat Lager is – bi jem ehre Spegelshow föhlt se sick as Clark Gable, Kuli oder – wenn't gor nich anners geiht – ok as Mike Krüger. Dor ward de Ogenbruun hoogtrocken, de Siegerpose probeert, de Don Juan-Grientje opsett un ennelk sünd se mol de, as den se sick jümmers föhlt hebbt ...

Bi de Lähdies in 'n Salon heff ick jo nich so veel Erfohrungen, man över de kannst di jo ok annerwegens högen, dat mutt jo nich jüst bi 'n Putzbüdel sien. In 't Restaurant, to 'n Bispill: Kannst seker sien – man knapp datt se an'n Disch sitt, makt se ok al ehr Handtasch op un langt nah de lütte Puderdoos mit Spegel in. Sotoseggen as Alibi tuppt sick de Lähdie mol kott mit den Puderquast an de Nees, man de Hauptsaak is de strenge Kuntrolle vun ehr Fassod, un – wehe! – dor sitt 'n Wümper scheev oder de tweete Hoorfrangsch vun links hett 'n Rechtsdrall – oha, denn aber nicks as rut nah de Toilett! Dor is 'n groten Spegel, un dor kann de nootwennige Restaurierung denn echt perfeschionell vörnahmen warrn. Fröher heff ick mi jümmers wunnert, worüm Fruunslüüd nah Möglichkeit blots in 't Duett to 'n Pinkeln gaht, man ick glööv, dat liggt mehr an de Spegelinspeckschoon, de klappt beter mit Assistenz. Interessant is dat jo ok vör de groten Schaufinsterschieven in de Zittieh. De mehrsten Lüüd kiekt dor seker blots rin, wiel datt se sick dor in Spegel sehn kööont. Gifft sogor welk, de löppt 'n poormol hen un trüch vör de Schieven, üm sick sotoseggen laif to studeern. 'n Fründ von mi harr so 'n Kunfekschoonsladen, un de hett sick jümmers opregt, wenn de Lüüd blots sick sülven un nich siene Klamotten ankieken deen. Mol hett he denn boben achter de Schiev 'n lütten Spegel an 'n Band anbrocht, un wenn denn so 'n Typen sien egen Spegelbild bewunnern dee, lett he den Spegel rünner, un ünner den Spegel kunn een denn lesen: Prüfe Dein Aussehen, morgen kann es zu spät sein! De Lüüd sünd denn jümmers hektisch wiederlopen, un he hett sick höögt. Nah kotte Tiet hett he denn ok Pleite makt – mit de Eitelkeit vun de Minschen is eben nich to spoßen. Besünners veel Pläseer makt dat jo, sick vun achtern un vun de Sieden antokieken. Normalerwies is dat jo nich möglich, denn de mehrsten Lüüd hebbt jem ehre Ogen jo nich achtern sitten, wenn se ok liekers so öber de Straat scheest as harrn se. Dütt rasante Beleevnis hest du blots in 't Modehuus. Un dat nehmt se ok all düchtig wohr. Ick heff Lähdies sehn, de kunnen vör luuder Sickdreihn un Hen – un – hertippeln den Utgang nich wedderfinnen. Welk Spegels makt jo ok grötter. Dor muttst du di tähmlich ünner Kuntrolle hebben, wenn du miteens dien Nees as Barg sühst! In annere wedder sühst du egolweg malade ut, dat sünd de, di bi 'n Dokter in 't Wartezimmer hangt. Un noch annere makt ut jede Wittnees 'n knackig bruunen Urlauber, un de sünd mi de leevsten, sowat hebbt wi ok tohuus. Un uns Spegel hett sogor noch 'n inbuutes Tonband. Jümmers wenn ick dorvör stah, seggt he: »Ihr, Herr Bärthel, Ihr seid der Schönste hier im Land, doch ...« – man wat nu kümmt, heff ick afsnippelt, to düütlich will ick mi nu nich kennenlehrn, denn Mannslüüd sünd nu mol nich eitel ...

Edeln Rittersmann

Naja, fröher, as ick noch wat jünger un woll ok dösiger weer, dor heff ick jo mennigmol so putzige Stories vertellt över Fruunslüüd an't Stüüer, un wenn ick mi recht besinn, kunn ick domols över miene Beleevnisse sogor noch sülvst lachen. Middewiel hett sick dat ännert. Dor will ick nich mit seggen, datt dat hüüt keene Lähdies mehr an't Stüür gifft, un ok nich, datt se mi hüüt keenen Schrecken mehr injogt, nee, hüüt fohrt de mehrsten Fruunslüüd jüst so as de Kirls, un wenn du sülvst Auto fohrst, denn weeßt du, datt dat op keenen Fall 'n Kumpelment sien schall. Bi de Naturvölkers gellt 'n Mann woll as Mann, wenn he noch sülvst to'n Jagen gahn kann. Wiel datt du bi uns dien Suppenfleesch in 'n Laden köpen kannst, fohrst du stattdess mit 'n Wagen in de Zittieh. Wenn du nah so 'n Tortur mit kloren Blick wedder nah Huus kümmst, is dat 'n seker Teken, datt du noch fein kregel op 'n Damm büst.
Ick bün jo all so old, datt ick mi dat vun Mol to Mol länger överlegg, wat dat nu sien mutt oder nich, man wenn ick mi dor denn mit affunnen heff, denn heff ick meist dat Gefühl, ick bün 'n ollen Rittersmann, de sien Zossen op sien lest Turnier stüürt. Je mehr ick in de Neegte vun de Binnenstadt kumm, desto brutaler ward de Visaschen vun de annern Ritters. Kott vör't Berliner Tor geiht dat an de eerste Mootproov: Wiel datt ick noch an 'n sülvigen Dag in de Zittieh wull, bün ick de Wandsbeker Chaussee lang egol-

weg op de linke Siet zuckelt, un nu mutt ick de Spoor wesseln, anners kumm ick op de Elvbrücken. De leste Kilometer vör de Swemmoper is reine Taktik. Ick kiek mi de Fohrers an, de neben mit fohrt. Op keenen Fall versök ick Lähdies, Fohrer ut Pinnebarg oder Beknackte mit Rallyestriepen oder Heckspoiler to öberhalen. Dor kannst to Dood bi kamen, op de kannst di nich verlaten. De fohrt jüst noch sutje as Helmut un in 'n neegsten Ogenblick as Nicki Lauda mit Dünnschiss. An de Lombardsbrück bün ick sotoseggen al in dat Oog vun den Hurrican. Dor is dat twars nich mehr so hektisch, denn bi all de Staus geiht dat so un so nich mehr vöran, man dorför hest du dat nu mit een vun de gefohrvullsten Akschonen to doon, de dat Leven hüüt beden kann – wenn ick mol vun Hembörgereten bi Mc Ronald afseh: Nu heet dat 'n Parkplatz finnen. All de Autoritters üm di rüm hebbt dat Stüür packt as 'n Sweert, un in jem ehre Ogen luurt dat kolle Grusen, egol wat se Manns- oder Fruunslüüd sünd. Hier dröffst du keen Bangbüx sien un di dörch nicks imponeern laten. Will sick een di vör de Nees setten, denn rop op't Gas, wat köst dat Blech! Fangt een an to hupen – wedderhupen! Luder un länger! Blifft een stahn – blinken, hupen un de Wagendöör oprieten – tominnst bit he utstiggt; denn beter gau Dör to, verriegeln, un in 'n Stadtplan kieken. Mehrsdeels finnst du al nah dree, veer Stünnen Üm-Block-fohren 'n leddigen Parkplatz. Dat heet, so richtig free is he jo noch nich, wi wüllt nich öberdrieven. Du sühst blots, datt enerwegens, mag sien op de anner Stratensiet oder teihn Meter achter di oder üm de Eck – datt dor Lüüd mit 'n Wagenslötel klimpert. Denn bliffst du op 'n Stutz stahn, kiekst, wo se henstebelt un scheest achter jem ran: quer över de Straat – de Gegenverkehr hett jo Bremsen, retour mit vull Spiehd – de achter di sütt di jo vun vörn un köönt sick an de Siet drücken – oder üm de Eck; Schiet an Blinker. Denn bliffst du wedder so lang stahn, bit he wegfohrt un achter di 'n Stau bit nah Buxtehude is, un denn, jo denn – denn hest du keen Parkgroschen. Un wiel datt du jo keen Knick in 'n Brägen hest, parkst du ohne Piepen. Un so kümmt dat, datt ut 'n edeln Rittersmann 'n simpeln Kriminellen ward – süh, un dor bün ick bi lütten eenfach to sensibel för …

Kiep Smailing

Segg mol, is di dat egentlich ok al mol opfullen, datt berühmte Mackers oder de, de sick dorför hollt, datt de, wenn se fotografeert oder filmt warrn schüllt, also in ehr egen Huus oder Wahnung – du, jümmers vör de Bökerwand!
Ick meen, se kunnen sick jo ok vör de Heimorgel oder dat Blomenfinster – nee, egolweg Bökerwand. Un is denn ook nich so'n Bökerschapp as in't Möbelhuus oder Werbung vun 'n Buchclub, mit tweemetertachentig in Ledder un Goldsnitt, nee, sünd rejelle Böker, de nich mol in de Grött tosammenpassen doot – lütte, grote, dicke, dünne, olle, swatte, klörige, allens dörchnanner; un 'n poor vun jem liggt ok dwars dor öber, so as harr de Macker jem jüst leest. Kann 'n sick richtig vörstellen, wat sien Fruu achteran an't Schimpen is, wo se doch vörher allens so penibel oprüümt harr. Man dat ward de, de sick den Film oder dat Foto ankieken doot, jo nich wies un hollt den Macker för gräsig intellektuell.
Naja, dat gifft jo ok Utnahmen, so as de eene Ministerpräsident, de wiest denn statts Böker siene Kinner, also steiht de kumplette Familie op 'n Dutt un fidelt sick een af oder sünd an't Singen oder Klimpern – is denn op jeden Fall Hausmusik, wat noch veel mehr Kultur is as Bökerwand, denn Hausmusik kannst nich köpen, al mol gor nich bi Bertelsmann. Bi Fotos mag dat jo angahn, man bi Tonfilm

is dat 'n beten riskant, wo du wedder an sehn kannst, datt du as Politiker keen Bammel hebben dröffst. Oder as Tokieker keen sensibeln auditiven Knorpel.
Wenn Politikers so wiet boben sünd, datt de Lüüd jem meist nich mehr sehn köönt, denn laat se sick geern in 'n Gaarn kunterfeien, so as domols Adenauer, de jümmers in de Rosen togang weer oder bi't Bocciaspeelen. Dor markt denn de Minschen, datt ok so'n halven Gott sick mol in 'n Finger pieken kann un denn so wedder wählbar ward. Üm dat sülvige geiht dat ok, wenn Franz-Joseph dat Beerfatt tweihaut oder uns Helmuth – also de Politiker domols – sick an't Klavier sett oder in sien Schaluppe op 'n Brahmsee. So'ne Biller wiest uns, datt dat all rejelle Minschen sünd. Man ok annersrüm is dat jo interessant. Also bi de Lüüd, de nu nich berühmt sünd oder wichtig, vun de du also weetst, datt se blots Typen sünd as du un ick – wenn de also fotografeert ward, denn mutt dat tominnst so utsehn, as weern se wat Besünners. Also treckt se ehrn besten Antoog an oder Uniform oder Hemd mit 'n Krokodil op. Oder stiggt in 'ne Nobelkalesch – un nah dat Foto wedder ut. Oder laat sick mit Franz-Joseph aflichten, ohn datt de mitkriggt, datt Wallraff vör em steiht. Sowat makt veel Pläseer, vör allen för de Tokiekers oder Lesers.
Bi Fruunslüüd is dat jo anners. Fruunslüüd sünd jümmers tovörderst mol Minschen, egol wat dat de Eiserne Lähdie, Lähdie Di oder Inge Meisel is. Wat de för 'n Foto brukt, is blots 'n Hoot, 'n Tass Tee un 'n Visaschisten, schon sünd se minschlich. Ok wenn se gräsig klook sünd, bi Königs leevt oder sick tapfer vör nicks grugelt, nich mol vör Aids, tominnst nich op dat Foto. Fruun dröövt op Fotos jo ok

jümmers lachen oder grienen ... nee, grienen nich un ok nich so kraftvull lachen as düsse Schaufinsterpoppen, wo de meenst, de hakt sick glieks de Kinnladen ut – also 'n beten dortwüschen, nich, so as wüssen se nich recht, wat loos is; dat is denn jem ehre »Ausstrahlung«, ehr »Fluidum« un is mehr wert as twintig Meter Böker. Bi Mannslüüd is dat 'n beten problematisch, wenn se op Biller jümmers an't Lachen sünd, dor hölpt ok keen Hausmusik, op jeden Fall glöövt de Lüüd denn, de hebbt een an de Birne, un wenn dat eerstmol so wiet is, denn is ok 'n Kilometer Bökerwand un 'n Beethovenbaffi op't Vertiko för nassing. Denn köönt se sick högstens noch liften laten, an besten in de Schwarzwaldklinik – denn de ward dor jo reinweg mit allens fardig ...

Free Tiet

Also dor magst doch meist gor nich mehr an denken, wat de Lüüd dat fröher swoor harrn, wenn se mol op Urlaub güngen oder mol för 'n poor Stünnen riehläcksen wullen – weern gräsige Tostänn, segg ick di! Heff ick nülich eerst wedder so olle Biller sehn, vun dat Badeleven an 'n Strand: seten dor blots all in 'n Sand rüm, un obends geev dat högstens mol so 'n albern Danzvergnögen – dat weer allens. Nu frog ick di: Wo kann sick 'n vernünftigen Minschen bi sowat verhalen? Na? Segg ick doch. Nicks vunwegen Animateure un so! Nee, du, dor hebbt wi dat hüüt beter. Dat is eendoon, wat du nu an de Ostsee fohrst, nah Spanien oder Afrika – allerwegens töövt de fidelen Macker op di un wiest di, wo dat langgeiht. Un gifft sogor Clubs, wo frömde Lüüd gor nich eerst rindröfft, üm datt de Fidelität nich stört ward. Ick heff mi seggen laten, dor is dat as in 'n grote Familie: Seggt all »du« tonanner, över Geld ward nich snackt, un vun morgens bit obends ward jem wiest, wat Spoß makt – is also so 'n Art rheinische Karnevalssitzung, blots wat länger. Un kümmst ok nich för in de Klapsmöhl, wieldess bi 'n Karneval ... man wie hebbt jo nu Sommer.
Mit 'n Sommer rejell wat antofangen, is jo so un so nich licht. Nich mol, wenn du blots 'n poor Stünnen Tiet hest. Ut düssen Grund gifft dat nu de Freizeitparks. De Freizeitparks hebbt grootartige Programme för ehre Besökers,

un de Programme fangt al an, wenn du dor noch gor nich mit rekenst – vör allen bi godes Weder. Programmpunkt Nummer Een heet nämlich Stau op de Autobohn, denn du büst jo nich de eenzige, de free Tiet hett, un de Parks liggt nu mol nich vör dien Huusdöör. To öber föfftig grote Freizeitparks in Düütschland fohrt in 't Johr an de föffteihn Millionen Lüüd, un kannst di denn jo vörstellen, wo fein du di dor verhaalen kannst. Giffst eenfach an de Kass dien Angtreh un dien free Tiet af un kriggst dorför Pläseer an Daddelautomaten, Loopingbahnen, Seelöwen, Kamele un natte Fööt in 't Wildwater. Un denn noch Show, Kino un möde Fööt vun 't Rümlopen, denn du wullst jo ok wat hebben för dien Geld. Nah veer, fiev Stünnen hest denn echt dat Geföhl, datt du veel beleevt hest in dien free Tiet, un so schall dat ok sien. Naja, – beleevt hest du egentlich nicks – se hebbt wat mit di makt ... man dat hebbt se doch good makt, nich? Büst nich in 't Gruveln kamen un nicks, denn dat weer jo ok noch schöner: Eerst so veel betohlen, un denn noch Gruveln, worüm du egentlich free Tiet hest ... för dat beten free Tiet hest doch woll noog arbeit, nich? Sühst woll, dat will ick doch meenen. Un dat is denn alleen dien Saak, wat du dor mit anfangst ... oder beter: anfangen lettst.
De Tieden sünd gottloov vörbi, datt de Lüüd eenfach mit de Wulldeek in 'n Park ... för nassing ... mit Thermosbuddl un Frikandell ... hebbt dor rümseten un labert oder womöglich Böker leest – weeßt jo: Böker, dat sünd düsse Dinger ut Poppeer, wo du keen Antenn för brukst un kannst jem ok nich afstellen, also echt vun domols, kaamt glieks achter de Dinosaurier ...

Nee, sowat makt hüüt blots noch de Türken un annere Gastarbeiters. Mutts di mol ankieken, sünndags op de Wisch: Dor sitt se tohoop un sabbelt un diskureert. Mennigmol harr ick direkt Lust, mi dortotosetten, denn mit de Düütschen kannst jo hüüt nich mehr snacken – de hebbt all' n Knopp in 't Ohr, ward animeert un laat sick ehre free Tiet verplanen. Man ick kann jo keen Türkisch.
Wat seggst du – du büst dor heel anners? Segg blots! Minsch, dor heff ick jo richtig Dusel hatt, datt wi twee uns nu kennenlehrt hebbt, nich? Un wenn du mol beten free Tiet hest, denn snackt wi mol 'n poor Wöör mitnanner – wat meenst? Un dat womöglich op Platt? Staahrk!

Komplott

Weeßt du, wat ick glööv? Ick segg di dat mol liesen in 't Ohr … un pass op, datt dien Fruu dat nich mithört – weeßt wat: Ick glööv, nu hebbt se uns bi de Büx! Echt! Also dor kannst du seggen, wat du wullt – dat mööt Emanzen sien! So klammheemlich hebbt se sick dütt Rebeet vun de Industrie ünnern Nogel reten, un wi dösigen Mannslüüd hebbt wieldess pennt un dor nicks vun mitkregen!
Fröher, jo, dor weer dat doch allerwegens Usus, datt blots 'n Kirl hölpen kunn, wenn so 'n arme Deern de Beerbuddel nich opkreeg, un he denn lässig mit Dumen un … Flopp! – op weer se, de Buddel.
Man hüüt? Stulperst vun een Bredullje in de annere! Un dat kann gor nicks anners sien – dor staht de Fruunslüüd achter! De hebbt nu in de Verpackungsindustrie dat Seggen un klamüstert sick Saken ut – dor brickt di de kolle Sweet ut, wenn du dor mit klorkamen wullt!
Bi de Lullen, to 'n Bispill: De Schachtel stickt in Glaspoppeer, un dat Glaspoppeer kannst blots oprieten, wenn du so 'n lütten Zippel tofaten kriggst – denn is dat heel eenfach: Sst! Un ringsrüm hest dat baberste Deel afreten. Blots – den Zippel to finnen, dat is de Kunst! Kannst narrsch bi warrn, wenn du al teihnmol mit 'n Dumennogel üm de Packung kleit hest. Un denn langt Ida sick dat Ding un hett dat Enn op 'n Stutz tofaten, mit

ehre langen Fingernogels! Dat is 'n Komplott, dor makt mi nüms wat vör! Un ick stah denn dor un kann blots still wütig sien.
Oder nülich morgen: Sünndag, Fröhstück, Stimmung afsluut happy. Op 'n Disch staht twee Dosen mit Marmelood. Orangen un Erdbeern. De Dosen hebbt boben 'n lütte Öös, to 'n Oprieten, so as de Beerdosen. Mit Beerdosen kann ick goot ümgahn, dat is 'n Klacks för mi. Finger in de Öös ... vörsichtig hoog mit den Blechstriepen ... so ... glieks – keen Problem ... af is he! De Doos is so to as vörher – egentlich noch mehr, denn nu is de Öös af. Dor kannst denn blots noch kieken as uns Bundeskanzler nah de Wahl in 't Saarland un rut in de Köök. Klor, op krigg ick de Doos nah fiev Minuten, man dat Grienen denn an 'n Fröhstücksdisch – ekelhaft! Bi Doos Nummer twee bün ich jo al op 'n Kien, un düttmol brickt de Bleckmacker eerst af, as dor 'n lüürlütt Lock in den Deckel is. Fein, seggt Ida, nu köönt wi de Marmelood jo al rüken ... Nee, fardig maken wüllt de uns, dor kannst op af!
Och, un denn jo de Melk. Melk in 'n Karton – dat alleen is doch al 'n kranken Infall! Ick weet, dor mutt dat Tipp boben afsnippelt warrn, is ok rejell markeert, wo du snieden schallst. Blots – geet du mol ut so 'n Veerkant Melk in de Tass! To Anfang geiht dat jo goot, man denn – miteens süüfzt de Karton deep un scharp, un denn rülpst he di 'n halven Liter in de Tass. Un op 'n Disch. Un op de Büx. Un Ida denn wedder mit ehrn höhnischen Snack: Och – hat der Dschung sich wieder nassgemacht, was? Jaja, mit drei linke Hände ... Nee, Lüüd – op so 'n maladigen Dreih köönt blots Fruunslüüd kamen; wat ick weet, weet ick.

Sogor bi de Sektbuddels hebbt se sick wat Nieges utknobelt. 'n Buddel Kaallkööm opmaken is nämlich nich so eenfach, wenn du dat op de vörnehme Art maken wullt, blots so mit 'n liesen Plopp un nich so ordinär mit Ballern un in de Gegend sprütten. Un ick dröff woll seggen, datt ick Ida dat eerst bibrocht heff. Annerlest nu wullen wi wat fiern, un ick denn jo op mien elegante Tour mit Serviett un mööd in de Luft kieken – du, de güng eenfach nich op! Teihn Minuten weer ick an 't Würgen, tolest sogor buten, in Gaarn, wiel datt Ida so bank kieken dee – nicks. Middewiel harrn wi denn ok keen Dost mehr, un ick heff dat Öös in 'n Köhlschrank stellt. Merrn in de Nacht geev dat in de Köök 'n Knall, as weer dor 'n Jumbo dörch de Schallmuur suust! De Sektbuddel weer open, fiev Eier kaputt un de Döör vun'n Köhlschrank lädeert.
Oha, see Ida, das hass aber gut getaihmt! Vielleicht stellst nächstmal gleich die Gläser mit in 'n Kühlschrank, von 'n Fußboden schmeckt der Sekt so labberig …

Klipp un klor

Fröher, in de School, dor müssen wi so 'n gediegen Riemel lehrn: Vor allem eins, mein Kind, sei treu und wahr, laß nie die Lüge deinen Mund entweihn! Von alters her im deutschen Volke war der höchste Ruhm, getreu und wahr zu sein! As wenn de Düütschen 'n besünner Recht oder Pflicht harrn, de Wohrheit to seggen! Nee, du – de Wohrheit hett nu mol keen Natschonalität, dor kümmt dat blots op den enkelten Minschen an –.
Wenn ok – also in de lest Tiet is mi opfulln, datt wi Minschen uns mit dat »Ja« oder »Nein« 'n beten wat swor mit doot ... enerwegens mutt dat hüüt gräsig problematisch sien, op 'n klore Froog mit »Ja« oder »Nein« to antern ...Kannst wunnerbor in Talkshows sehn oder bi so Interviews, wo »Persönlichkeiten« oder de, de sick dorför hollt, wat frogt ward. Statts klor to antern, seggt se mehrsdeels: »Das würde ich so nicht sehen!« Oder: »Die Frage scheint mir falsch gestellt!« Oder: »Die Frage ist wohl zu komplex, um mit einem Wort beantwortet zu werden!« Hebbt all Bammel, sick so – batz! – fasttoleggen un wüllt sick jümmers noch 'n Döör openlaten. Man dat Leege is jo, datt nich blots de Obermackers so parleert, nee, ok all de annern! Jan Dattel jüst so as Kalli Glubber, un – wat noch leger is: Nich blots de Hoogdüütschen, nee ok de Plattdüütschen, vun de jo seggt ward, se dreegt dat Hart op de Tung! Jo, sogor de! Klor, de makt nich soveele Wöör, dat

nich, man wat se würklich meent, dat is nich so licht ruttofinnen, ok wenn sick dat kott un eenfach anhört! To 'n Bispill dat »Jo« un dat »Nee« – du glöövst nich, wat dat dor för Twüschenlagen gifft! Dat markst du düütlich, wenn du di mol so 'n typische plattdüütsche Problemsituatschoon ankiekst, as in dat Leed »Wenn hier 'n Pott mit Bohnen steiht un dor 'n Pott mit Brie, denn laat ick Brie un Bohnen stahn un danz mit mien Marie!«. So, un nu stell di vör, Marie will nu eneelk weten, wat ehr Macker mehr op Spachteln oder Marie steiht un frogt em, wat he nu ennelk mit ehr – na, un so wieder. Denn kann he op bannig ünnerscheedliche Art antern, to 'n Bispill:
Joo! Man loos! Dat heet op hoogdüütsch: Oh gewiß, nur wacker voran!
Oder: Jo, jo ... Wat heet: Mein Gott – doch nich schon wieder ...
Oder: Tjä, ick weet nich ... – Er weiß es nicht, muß wohl vorher noch irgendwen fragen, hat möglicherweise Angst.
Oder: Meenst dat –? Ob sie es etwa meine? Und im Falle daß – wie denn wohl?
Oder: Süh so –! Siehe da! Er ist verblüfft, findet schwerlich die passenden Worte, denn zu sehen gibt es im Augenblick ja noch nichts ...
Oder: Dammi ok! Ebenfalls verdammt! Nicht wörtlich zu übersetzen, Ausdruck leichten Überdrusses oder Anzeichen von Übersättigung ...
Mientwegen ... Meinethalben – er ist willfährig, meldet keine Bedenken an, zumindest nicht explizit, würde aber wohl ebenso gern die Bohnen ...oder vielleicht danach ...

Ach wat –? Ach was –? Er kann es schwerlich glauben, braucht noch etwas Zeit, sich darauf einzustellen – vielleicht nächsten Sommer –?
Ach Wat! Ach was! Er weist dergleichen von sich.
Oder: Dat is jo ’n Ding! Dieses sei ein Ding! Ausdruck wohlgefälligen Staunens, offenbar hatte er dieses Ding nicht erwartet.
Jungedinee! Junge-dich? Nein! Er ist kurzsichtig, hält Marie für männlich und hat Mühe, sich an den Gedanken zu gewöhnen.
Kümmt gor nich in de Tüüt! Es gelange keinesfalls in den Papierbehälter! Er denkt, er solle Marie kaufen und in der Tüte nach Hause tragen!
Oder ok: Oh Hannes, wat ’n Hoot! Er hält Marie für einen Hut, der ihn an seinen Freund Hannes erinnert. Er wird sich wohl für Bohnen entscheiden.
Oder: Gah mi blots af! Sie möge ihm nur abgehen – unverblümter Wunsch nach Abbruch der Beziehung und statt dessen Beginn der Breimahlzeit …
Nu segg mol ehrlich: Is dat nu nich gräsig, so ’n halven Kraam?
Segg doch mol! Jo oder nee? Na, ick mark al – du büst ok nich anners …

Profis

Weer jo lestieds wedder richtig hektisch, allerwegens to Besök gahn oder egolweg Besök kriegen ... naja, Spoß hett dat jo makt, man op de anner Siet – weer jo ok anstrengend! Denn op Besök gahn is jo nich so licht, nich? Dor kannst jo nich eenfach henlopen un seggen: Dor bün ick! Denn büst du keen richtigen Besök!

Dat Problem fangt jo al an mit dat richtige Taiming. Mol seggen, de Party oder Fier fangt Klock acht an, denn is dat nich goot, wenn du al mit 'n Klockenslag op de Matte steihst. De Gastgevers loopt seker noch in 'n Hemd dörch de Gegend un dor köönt se di nich bi bruken. Hebbt se al de Kledaschen antrocken un töövt womöglich al, denn bekiekt se diene fiev Nelken to nipp un sett di in de Eck op 't Kanapee – üm den eersten Gast ward jümmers veel Opstand makt. Op 'n Kanapee aber süht jedeneen glicks teihn Johr öller ut, un dat is nich goot för dien Reputatschoon. Un denn muttst du ok drinken, wat se di henstellt, dor passt se höllsch op. De lütten Kinner wüllt mi di spelen, de Wauwi fritt dien 'n Hoot, un smöken kannst du ok nich, wiel datt noch keen Aschbeker op 'n Disch steiht.

Kümmst du veddel nah acht, is dat vull op de Deel. Keeneen nimmt di dat Blomenpoppeer af, Gardroov is proppenvull, de Kinner frogt di, wat du jem ok so 'n grote Tafel Schoklood mitbrocht hest as Onkel Heinz, un de Wauwi bringt di fründlich Heinz sien 'n Hoot. In düssen Ogen-

blick kümmt Heinz vörbi un wunnert sick, worüm du sien 'n Hoot so tweifleddert un sabschig makt hest.
Kannst ok halbig negen kamen. Denn is al Hailaif. Nüms hett di op de Reken, diene Blomen kannst 'n Stünn lang in de Hand holln, un to drinken kriggst ok nicks.
Man egentlich is dat allens öberdreven. Wat 'n echten Profi is, de kümmt nich to fröh, nich to laat, nee, de kümmt öberhaupt nich – de is eben dor! Un wat he dor is. Sien sonore Stimme kannst eenfach nich öberhören. Wo he is, is de Party. Wo he nich is, staht vulle Aschbeker, leddige Glöös un Stiesels as ick, ok wenn ick sitten do. He kennt jedeneen, un de em nich kennt, de ward em furts kennenlehren. Vun em wullt de Kinner nicks; se weet, dat hett so un so keen Sinn, un för den Wauwi hett he 'n Wuss mitbrocht – ut de Köök, vun dat kolle Büffet. He hett ok jümmers 'n vull Glas in de Hand, un wenn dat Lachs gifft, is he as eersten an 'n Drücker. Mit em kümmt de grote Welt in de Stuuv, de annern sünd blots Statisten.
Denn aber gifft dat jo noch de heel clevern Typen. De roopt halbig teihn an un seggt, datt se villicht doch noch kaamt. Klock teihn bimmelt se wedder dörch, un de Gäst makt sick gräsig Gedanken, wat he oder se woll noch kümmt oder nich. Klock ölben ennelk staht se inne Dööր, de annern seggt vull deepe Bewunnerung »Aah!« un »Spät kommt er, doch er kommt!« oder ok »Je später der Abend, desto schöner die Gäste!« Op jeden Fall – dor kannst nich tegenan un argerst di blots wütig, datt du so 'n honetten, pünktlichen Kirl büst – kümmt eben nicks bi rut.
Neegstmol versöchst du dat ok mol: Telefoneerst Klock ölben an op de Party, un bi dien Pech kriggst du den Profi,

den Partylöwen an de Stripp, und ehr datt du seggen kannst, datt du villicht doch noch ... dor jodelt he: Wer is da? Prinz Philipp? So sorry – heute geschlossene Gesellschaft! Versuchen Sie 's mah bei Hagenbeck, hehehe ...

Regen

Segg mol – magst du ok so geern Regen? Jo? Is doch to schöön, nich? Naja, nu bün ick jo keen Buur, un wenn ick so op Regen stah, denn is dat also nich vunwegen de Rendite – för den Fall, datt de Regen to rechte Tiet fallt – nee, bi mi is dat mehr dat Geföhl, wenn di de Regen so liesen op den Baffi pladdert... sünnerlich hüüt, wo ick jo nich mehr so apartige Locken heff. Fröher weer ick 'n echten Regenfetischisten. Ick weet noch, domols nah düssen starken Film »Ein Amerikaner in Paris«, wo doch de Gene Kelly in de Regenszene jümmers mit een Been op'n Kantsteen un mit dat annere – platsch! – in de Pütt rin – stahk, segg ick di! Hett he sick gor nich üm schert, datt he dor natt bi wurr. Mien Fründ Dieter un ick hebbt uns gräsig argert, datt buten de Sünn schien, as wi ut dat Kino keemen, denn wi harrn uns Fründin – wi harrn tosamen blots een Fründin, wiel datt wi knapp bi Kasse weern – wi harrn ehr seggt, dat dee uns ok nicks utmaken, so dörch den Platterregen, mit een Been op 'n Kantsteen ...Man 'n poor Daag later weer dat denn so wied mit den Regen, un Dieter hett dor sogor bi sungen, bit opmol siene Stebel, de sien Mudder jo in 'n Slussverköp – op jeden Fall: de segen miteens ut as Taucherstebel un weern dreemol so groot as vörher ... Dor hett he nich mehr sungen, wiel datt he an sien Mudder denken müss, un dat kunn ick ok goot verstahn.

Wat mien Fründ Jürgen is, de harr jo jümmers 'n Drall to

de feine ingelsche Art, sünnerlich in siene fröhen Johr. Dat weer, glööv ick, negenteihnhunnertveerunföfftig, dor besök he mien Fründin un mi op Sylt, wi weern dor to'n Telten, in de Dünen, noch so heel eenfach, nicks mit Luxus un so, un Jürgen – ick seh em hüüt noch, as he ut de Inselbohn steeg: Mit »Staubmantel«, Hoot un öbern Arm 'n Paraplüh – hett depen Indruck op mi makt. Dor kunnen wi nich mit, mit uns Planen ut de amerikoonschen Heeresbestände –. Laterto bün ick jo ok fix mit Herrenschirm innegang west – so'ne Beleevnisse blievt jo nich ohne Folgen – man jümmers wenn ick 'n Schirm bruuk, harr ick keen bi de Hand, un mehrsdeels dee ick jem ok enerwegens liggen laten. Mit de Kultur is dat eben nich so licht. Welk Lüüd makt jo ok een op Klepper. Also de süht denn ut as 'n Gummipaster, mit düsse starke Pelerine ünnern Hals oder beten deper. Sünnerlich de Wandervagels un Naturfrünnen dreegt de wieden Gummikittel, denn dor kannst seker ok Klampfe ünner spelen, so wied sünd de.
Dat Dösige bi düsse Regenkutten is jo blots, datt di dat Water jümmers ünnen op de Büx drüppelt, un ick meen, wat hölpt di 'n drögen Buuk, wenn du natte Been hest?
Gifft jo ok so durabel Antöög ut Wasstüch, in een Stück, man ehr datt du di dor an- un utplünnert hest, schient al lang wedder de Sünn, un allerwegens passt de jo ok nich hen, mol seggen in de Oper oder so.
Ick heff jo so 'n ingelschen Nobelcoat. Nu, nah dree, veer Johr, is he so as he sien schull – nich to adrett un ok nich to veel Pennerlook. Hett sick so bi Colombo inpennelt, düssen Detektiv ut de Televischnserie, de jümmers so mit

de Arms in de Gegend rümhangt as de Paapst bi sien Urbi et Orbi.
An schönsten aber is jo de Regen, wenn he di so op de barfte Huut ... an 'n Strand, op 't Watt ... föhlst di so richtig eens mit de Natur ... un ok so kolt ... Hanndook is natt, Klamotten ok, sogor de Schöh – naja, so recht kommodig is dat nich, un wenn denn noch Gewitter ... man liekers: Regen – dor geiht mi nicks öber, dat is för mi dat Gröttste.
Wenn ick in de Stuuv sitt.

Sitten

In de Püschologie hebbt se jo al lang rutfunnen, datt du dörch de Art, wo du di op'n Stohl settst, veel öber di sülvst wiest. Also will ick mol seggen, wenn een sick blots so eben op de Stohlkant sett, denn will he wiss nich lang blieven, wiel datt he keen Tiet hett – oder föhlt sick unseker, weet mit de Situatschoon nicks antofangen, mit sien »Selbstwertgefühl« is dat denn woll nich wied her. Wenn een aber op den Stohl platscht as'n gigantischen Pudding, denn is dat ok nich so goot, den warrst womöglich nie nich wedder loos, he is een, de sick breetmaakt, tegen em hebbt de annern keen Schangs mehr.

Op welk Art een sick hensett, hangt jo aber nu nich blots mit sien Binnerstes tosamen, nee, ok mit dat wo he op sitten schall. To'n Bispill gifft dat Sessel, de nehmt di ok den lesten Rest vun Minschenwürde. So'n Ding heff ick mol in 'n vörnehmes Hotel sehn, in de Hotelhalle. Dat Monstrum weer ut Ledder, wiss dree Zentner swor un seeg bannig kommodig ut. Ick sülvst sett mi jo in so'n Leddertümpel nich rin, denn op miene lesten Daag will ick noch 'n beten mobil blieven un nich mien 'n Levensobend lang in de Hotelhalle sitten. Man tokieken do ick geern, un so heff ick mi op'n simpeln Stohl sett un töövt. Hett sick ok verlohnt, dat Töven, denn 'n Schentlmänn keem dörch de Glasdöör, bleev stahn un keek sick üm. He weer in de besten Johren, so as ick, blots datt he mehr Hoor op 'n Kopp harr un

afsluut elegante Kledaschen över 'n Lief. Weer 'n echt staatschen Kirl, so'n Männätschertyp as wi em ut de Werbung in düre Magazine kennt, un de Lähdies in de Hall hebbt sick ok all sutje nah em hendreiht. De Adonis harr furts allens ünner Kontrolle, an so'ne Optritte weer he wennt; he steek sick 'ne Lulle twüschen de markanten Lippen, haal sien güllen Füürtüüch rut – klack – 'n deepen Tog, un lässig wannel he röber to den Sessel. 'n böse Ahnung mutt he al hatt hebben, denn 'n lüürlütten Ogenblick keek he argdenkern op de Wabbelkuhl, bleev 'n bangen Bruchdeel vun 'ne Sekunn in de Hocke vör den Sessel stahn, man denn kreeg em sien Schicksol to faten.
In so'n hoogdramatischen Heimatfilm heff ick mol sehn, wo een in't Moor versapen is. Dat hier weer ok nich veel anners. Op 'n geheemnisvulle Wies keem de Schentlmänn in den Sessel afhannen.
Ick harr dat Geföhl he weer mit sien 'n Achtersen al in 'n Keller. De Been stunnen vör em as bi 'n Grashopper, so as deen se em nich mehr hören. Toeerst kunnst du tominnst noch sien Kopp sehn, man sutje rutsch ok de Baffi ünner den Sesselrand. Dorbi dee sick leider siene wunnerbore Hoorpracht vun achtern nah vörn schaven, denn dat weer 'n Prück; över sien hoge Denkerstirn wuseln de swatten Locken, jümmers deeper, nu harr he al wat vun 'n brutalen Killer an sick, un middewiel dee de Dressmän nich blots in den Ledderhupen, nee, ok in sien'n egen Antoog versinken, denn de Schullern vun sien Jackett güngen em nu al över de Ohren. Dat weer as in'n Theoter, un de annern Lüüd weern ok fein still, hebbt blots mit veel Interesse tokeken, sünnerlich de Damen. As de Locken över de Zi-

garett rutschen, dee dat 'n beten knistern, un dat weer ok nich mehr de Duft vun de grote, wiede Welt.
Dat allens passeer jo so in twee, dree Sekunnen, man mi düch dat as 'n Stünn un liekers noch veel to kott, so pläseerlich as dat weer.
Man denn geev dat Äkschn. De kultiveerte Schentlmänn wurr miteens höllsch dynamisch. In sien Pulstergraff dee he sick woll 'n poormol üm sick sülvst dreihn, denn de Tokiekers kregen vun em mol siene Ohren, mol sien Büx un mol sien Prück to sehn, he weer so'n richtigen Wirbelwind. Mit 'n kolossalen Wuppdi scheet he ennelk rut ut den Sessel un weer 'n annern Minschen worrn. He harr 'n beten wat vun Frankenstein an sick, un de annern Lüüd hebbt ok tämlich bang nah em röberschult.
Ick glööv, in Tokunft hebbt wi wedder een mehr vun de Typen, de op 'n Stohlrand sitt.

Weltünnergang

Egentlich weer an düssen Dag gor nicks Besünners loos. Blots de üblichen Spione röber in de DDR, de Kanzler hett dat Positive sehn un ok uns Katt harr nich op 'n Teppich pinkelt. Ick wull mi 'n fein kommodigen Obend maken, leeg op de Couch, un Ida dee baben in ehr Kamer Musik hören. Geev 'n feinen ollen Film in Telewischen.
Twölf Minuten nah negen bleev de Welt stahn. Dat Fernsehbild wurr duster as mien Tokunft. In düssen Ogenblick wüss ick dat noch nich, dat mi de dustere Tokunft, man ick seeg dat Schicksol al op mi tokamen. Wiel datt de Film echt spannend west weer, un ick nu blots noch hören kunn, wo dor Lüüd hen- un herlepen, wo du jo denn nich recht klook ut warrn kannst, dütthalven heff ick hektisch op de Fernbedienung rümdrückt, man de Flimmerkist bleev duster. Föhlst di afsluut alleenlaten, utslaten, afserveert. So mutt een tomoot sien, de nich in sien Huus rin kann, wieldess binnen 'n fetzige Party innegang is. Wi hebbt twars noch 'n lütten Swatt-Witt-Fernseher op 'n Böön, man wenn ick dor nu ropgah, denn frogt Ida eerst lang un labert dösig rüm, vunwegen datt ick »abhängig« bün un wat mi gor nicks anners infallt as düsse sture Fernsehkonsum. Ick heff denn de Kist utknipst un 'n Book leest. Un de Zeitung. Un twee annere Böker söcht un nich funnen. Un fiev Whiskies drunken. Un Koppien kregen un 'ne Blomenvaas ümkippt, also ick weer richtig intellektuell.

Annerndags keem de Macker vun den Reparaturdeenst. Wenn de kümmt, heff ick jümmers dat Geföhl, ick bün 'n lütten Jung un de Wiehnachtsmann kümmt. Weetst nie nich, wat dor op di luurt, un maken kannst dor ok nicks bi. He treckt 'n barg technischen Tühnkram ut sien 'n Kuffer, kiekt jüst so truurig as de Wiehnachtsmann, seggt poor Minuten lang »Tjaaa ...« un datt he sowat al ahnt harr, un dat hölpt allens nicks, de Kasten müss mit in de Warksteed, 'n akuten Blinddarm kann ok nich gefohrvuller sien. Un wiss ok nich düürer. Nah den Pries mag ick al gor nich mehr frogen – wenn so'n leven Verwandten op 'n Dood liggt, denn snackt en nich vun Geld. De Fernseher ward rutdragen, ick wink noch mol achter em ran, de Macker grient, un dat kann ick partout nich af, denn ick weet, worüm he grient, un he ok.

Twee Daag ohne Televischn. Middelöller. Fegefüür. Magnum is in Äkschn, Bum-bum-Becker speit sick in de Hand, un ick sluuk dröög rünner. De Obend harr miteens teihn Stünnen, de een länger as de annere. Klock teihn weer ick sowiet, datt ick den Fernsehmacker anropen wull, wat de Operatschoon goot aflopen weer. Un ick füng an, mi gräsig to argern, datt ick sien Angebot vunwegen Ersatzgerät so lichthen in 'n Wind slaan harr – klor, dat hett jo depen Indruck op em makt, un as he see, de mehrsten Lüüd weet gor nich, wat se ohne Televischn anfangen schüllt, heff ick blots mööd un demonstrativ op miene Böker keken un »Naja ...« seggt, un he hett mi vull Bewunnerung anstiert. Man grient hett he denn doch noch, denn he dach woll an de Reken.

Klock twölf heff ick mi opschreven, datt ick dat Sandmännchen nich sehn harr, keen Bundeskanzler – dat heff ick denn Klock een tosamenfaten – keen Magnum, keen Sport, keen Talkshow, keen Nachtstudio un noch twintig annere Sendungen ok nich. Klock twee heff ick weent, eenmol wiel datt mien Buddel leddig weer un to 'n annern, wiel datt mi de Macker in mien Bankfiliol so leed de, he kiekt mi so un so jümmers so truurig an, un nu ok noch düsse Reken vun den grienigen Fernsehdokter ...

Nu steiht de Flimmerkist wedder op ehrn Platz, un güstern heff ick Ida seggt, datt wi veel to unkontrolleert Televischn konsumeert, un wi sünd jo nu keene Sklaven vun de Medien! Denn bün ick op 'n Leseobend gahn, denn dat gifft jo noch wat anners op düsse Welt as Fernsehen.

Blots morgen obend gifft dat Dallas, un 'n Leesobend heff ick ok nich. Man goot, datt tominnst ick souverän mit de Kultur ümgahn kann.

Oppasst mutt warrn!

Is noch gor nich so lang her, dor geev dat bi uns in Hamborg, in de Spitalerstroot so'n oll reputeerlich Etablissemang, dat Café Vernimb. Dor heff ick jümmers geern 'n Tass Koffee drunken, un wenn ick ut de eerste Etaasch wedder rünnersteeg, denn keem ick an 'n Bild vörbi, dat wies den Grünner vun den Kokenpalast, 'n staatschen Kirl, beten duster un basch keek he di an, seeg meist ut as Bismarck in Trabbl, un ick funn dat goot, datt ick nich vör dat Koffeepläseer an em vorbimüss – nah boben güng dat öber'n Rulltrepp. Man dat blots so blangenbi – freit heff ick mi elkeenmol öber den Snack, de ünner dat Bild stunn, un wat jo woll den ollen Vernimb sien Levensmotto weer: Oppasst mutt warrn!

Süh, un dormit hett he mi so richtig ut de Seel sproken! Oppasst mutt warrn, anners ward nicks beschickt! Oder tominnst nich op de propper Art. Dat heff ick al fröh mitkregen, un ok datt de mehrsten Lüüd twars arbeiten köönt, man so recht häppieh ward se eerst, wenn een dortokümmt, de seggt, wat se dat nu richtig, verkehrt, good oder slecht makt. Op dütt Rebeet bün ick middewiel 'n echten Profi worrn. Un dat weer nich so licht, segg ick di, denn du muttst allerwegens Ahnung vun hebben, anners kannst jo nich mitsnacken!

Dat fangt al bi uns tohuus an. Toerst dach Ida jo, üm ehr Köök harr ick mi nich to scheren, man as se dat eene Mol de Heerdplatten nich afdreiht harr nah dat Koken, un wi al bi't Eten seten, un ick noch mol in de Köök müss, wiel datt keen Solt op'n Disch weer, un ick as höflichen Minschen laat mi nich lang beden, sünnerlich wenn in de Köök noch mehr krosse Swaart vun den Swiensbroten is – op jeden Fall: De eene Heerdplatt weer meist roodglöhnig! Sünd wi also dörch mien Oppassen noch so eben un eben an de Katastrophe vörbisliddert. Klor, datt ick nu jümmers op'n Quivive weer, wenn Ida bi so gefohrvulle Arbeiten weer as Finstergniedeln, Kokenbacken, Dischpoleern – also egentlich allens. Ick kunn ehr al mennigeen goden Ratslag geven, un se is mi ok heel dankbor; vör allen, wenn ick so bilöpig vun de grote Füürsbrunst snack, de wi domols üm een Hoor in de Köök …

Oder ehr Süster, de Anna: De is würklich patent, dor kannst du seggen, wat du wullt! Blots bi't Rasenmeihn, in uns Weekend-Domizil-goot, se gifft sick Möh, un dor bün ick ok de Leste, de dat nich wohrhebben will, man dat gifft jümmers noch Saken, wo ick ehr bi helpen kann! Wenn se to'n Bispill fardig is mit Meihen un anfangt, de dree Zentner Gras tohooptoharken, denn makt se dat eenfach nich systematisch noog un kann vun Glück seggen, datt ick in mien Lehnstohl mi de Tiet nehm un ehr verklor, wo dat beter makt warrn kann.

Mit miene Söhns klappt dat nich so goot, man dat liggt eben an de Jugend, de hett noch nich de rechte Insicht. Nülich eerst, as wi nah Huus föhren, un mien Öllsten an't Stüür seet, dor heff ick em sinnig verklort, datt he nich ökonomisch noog fohrt – ick meen, he is jo eerst sövenuntwintig un sien'n Führerschein hett he eerst negen Johr

un blots an de tweehunnertdusend Kilometer Fohrpraxis – du, de hett eenfach anholln, is utstegen un hett sick nah achtern sett! Nu kümmst du! Un mien Fruu müss wiederfohren! Dat geiht doch nu würklich to wiet!
Geern kiek ick jo ok to, wenn miene Navers oder Kollegen bi't Arbeiten sünd. Man bi de is dat noch leger as bi miene Jungs. De sünd twars nich mehr so jung, man dat is jem seker nich bibrocht worrn, datt nu mol oppasst warrn mutt! Un de stellt denn so dösige Frogen as: Wannehr fangst du egentlich mol sülvst an to arbeiten?
As wenn ick nich noog mit Oppassen to doon harr!

De niege Minsch

Also dat will ick di seggen: Wenn du dat hier leest hest, denn büst du 'n niegen Minschen. Ick bün dat jo nu al, denn ick bün al nülich op den Trichter kamen, dat heet – ick egentlich gor nich, dor hett mi 'n annern op brocht, jüst so as ick nu di, pass mol fein op: Tovörderst mol mutt ick di afschecken – meenst du nich ok, du kunnst 'n beten dynamischer sien? Nich jümmers so slapp rümhangen? Un wullt du nich ok mehr Freiheit hebben? Un di vull Stolt in 'n Spegel ankieken? Sühst woll, heff ick mi doch dacht. Un dor bring ick di nu op den rechten Padd.

Weer nämlich so: Annerlest heff ick in de Zeitung leest, datt dor so'ne Art Modenschau weer, vun de Pelzsnieders, de Kürschners, un de hebbt denn ehre Kreatschonen in'n groten Autosalong wiest, mang de Glidderkarossen. Dor heff ick jo gor nicks bi funnen, man denn hett de Obermacker dor noch so'n sinnigen Snack looslaten, un de hett mi doch böös in't Gruveln brocht: Weiche, edle Felle und rasante Autos erhöhen das Selbstwertgefühl, verleihen Dynamik und geben Freiheit!

So süht dat ut. Also nich, datt di 'n Schaapspelz dat Liev warmhollt oder 'n Auto di dat stünnenlange Pedden afnimmt, nee – makt ut di 'n annern Minschen mit 'n nieges Geföhl, Dynamik un Freiheit! Eenfach so. Twölfdusend för 'n doden Voss öbern Puckel un föfftigdusend för 'n buntklörige Blechkist un du kennst di nich wedder.

Un dat stimmt, echt! Is keen Tühnkraam, so as in de Werbung, hett'n richtigen Minschen seggt. Ick mutt dat weten, denn ick heff dat glieks utprobeert. Miene Testmethode weer twars 'n beten simpel, man de Hauptsaak is jo, datt du weetst, wo dat üm geiht. Wiel datt Ida keen eddel Fell tohand harr, heff ick mi Bella, uns Katt üm 'n Hals drapeert, un so dynamisch as denn weer ick al lang nich mehr. Achteran hett Ida mi Jodtinktur in den Smiss drüppelt, vun de Nees bit an mien Ohr, dat weer noch 'ne Steigerung vun de Dynamik, un as se mitkreeg, wat ick mit de Katt makt harr, hett se mi mit 'n Aschammer nah buten schickt un de Döör afslaten, dor harr ick denn mehr Freiheit as Reinhard Mai över de Wulken. Na, egol – ick heff mi denn in mien Auto sett, watt ok al tähmlich rasant is, denn dat Verdeck geiht nich mehr so nipp to; de Freiheit lehr ick in den neegsten Stau kennen un dynamisch wurr ick, as de Kühler an't Kochen weer.
As ick noch 'n lütten Dööskopp weer, harr ick glöövt, de Felle seht allerbest ut, wenn de Deerten jem spazeerendrägt, un datt Autos ok 'n Nutzwert hebbt, jo, ick harr sogor mol opsnappt, datt dat 'n Jammer is, 'n Deert doottomaken, blots üm schick uttosehn, un datt de Kaleschen de Ümwelt verpesten doot, man nu is de Groschen ok bi mi fullen. Un as ick denn noch de Reklaam lesen dee, vun de Diamanten för Mannslüüd, weetst doch: »Ich hatte mich auf einen geruhsamen Geburtstag eingestellt, ein bißchen Jagen, ein bißchen Abschalten. Sie kennen das.« un denn kriggt de riehläckste Typ vun sien Tussi 'n Kluncker schenkt, de afsluut för Herren makt is – dor weer bi mi allens rodscher. So süht de Welt hüüt ut.

Un wenn se annerwegens anners utsüht, denn muttst du di eben de Freiheit günnen un dynamisch achter dien Selbstwertgeföhl ranpesen, rasant in ’t Auto, mit Pelz un Klunker. Denn warrst de anner Welt nich wies.
Un wenn du dat mol begrepen hest, denn is ok ut di ’n niegen Minschen worrn.

Colombo

Wenn dat bi mi tohuus an de Döör bimmelt, ick mak op, un buten steiht de Paapst, denn warr ick em seker nich op de Schuller kloppen, so mit »Wo geiht't, oll Vadder?« oder »Dag, mien Jung, kumm rin, sett di dal!« – nee, dat weer jo keen Benimmdi, un dat weet sogor ick. Oder de Bundeskanzler kümmt bi uns to'n Meddageten, denn bün ick ok fein op'n Kien un he kriggt denn den eersten Lappen Swiensbroten – mit so'ne Etikettensaken kann ick ümgahn. Dat Dösige is blots, datt bi mi nu nich egolweg de Paapst oder 'n Kanzler op de Matte steiht, also heff ick gor keen Schangs, mien feine Levensart uttoprobeern.
Un wenn ick dat denn mol mit würklich wichtige Typen to doon heff, denn bün ick nich in't Training un heff vun Tuten un Blasen keen Ahnung. To'n Bispill kümmt mi al neeslang so'n egenartigen Macker in de Quer, de nu würklich so veel mit sien Wichtigkeit to doon hett, datt all de annern Minschen för em blots Statisten sünd – ick ok. Dat weet ick al vörher un nehm mi jümmers fast vör, em mol 'n poor sinnige Wöör to seggen, man wenn dat denn sowiet is, denn bün ick Mol för Mol so perplex öber sien dösiges Imponeertheoter, datt ick allens wedder vergeet. Dat fangt al an, wenn he mi süht: 'n normalen Minschen kiekt mi an, seggt »Goden Dag« un wenn he denn wat vun mi will, verklort he mi dat. He nich. Tovörderst kiekt he mi nich an, he kiekt dörch mi dörch, un wenn ick as höflichen Kul-

turdreeger fründlich »Guten Morgen« segg, denn is he nich vun düsse Welt. Dat kümmt dorher, datt he so veel üm de Ohren hett, dat em nüms afnehmen kann, dor weet blots he mit Bescheed. As ick al seggt heff – he kiekt dörch mi dörch, man denn miteens fallt em in, datt he wat vun mi will un he scheest op mi loos as düsse Detective Colombo ut de amerikoonschen Krimis, so een Arm vör sick as müss he sick in't Dustern sien'n Weg söken, he scheest so op mi to, kiekt mi nich an, kiekt in so'ne Art Nirwana, un du denkst, he hett nu 'ne Vision, datt dor womöglich vör sien geistiges Oog dat Enn vun de Welt … op jeden Fall rast he an mi vörbi un brabbelt wat vun »Sie wollt ich nachher gleich noch mal …« un weg is he. Wat he nu wull un wannehr dat sien schall, dor kann ick nu över gruveln, un ok, worüm he wat vun mi will. Denn nu is he nich mehr präsent, he hett al sien neegste Vision un stüürt mit sien halven »Urbi et orbi« op 'n annern Statisten loos.
Tjä, so wichtig is he. Oder för so wichtig hollt he sick. Oder so wichtig much he geern sien. Wat schallst mit so een maken? Verkloren kannst em dat nich, för diene Gedanken hett he keen Tiet, he ward al mit siene egen Gedanken nich fardig. So doon as warrst em nich wies, geiht ok nich, denn all Jubeljohr kümmt dat vör, datt he wat Wichtiges vun di will, wenn ok – mehrsdeels … also sünd in de Hauptsaak Probleme ut'ne annere Welt … un kann he egentlich ok blots sülvst mit fardig warrn. Ick heff mi al mol dacht, he brukt dat eenfach, düsse Wieh-Ai-Pieh-Show, wiel datt sien Fruu tohuus em nich för eernst nimmt … Wat frogst du – wokeen dat is? Du … dat … dat is …

du kennst em seker ok, so een as he löppt di allerwegens öbern Weg un öberhaupt: Glöövst du amenn, ick wurr hier blots öber em schrieven? Nee, hehe, so wichtig is he jo nu ok nich …

Merkantiles Chaos

Mennigmol fangt dat gröttste Chaos so maneerlich an as 'n niege Regierung. Denkst an nicks Leeges, löppst adrett dörch de Gegend un miteens in 'n Schiet, un dat in dütt uns Land.

So is mi dat nülich gahn, as ick 'n heel seriöse geschäftliche Transakschoon vörharr. Dat hangt mit mien Kuffer tosamen. Wenn ick nämlich op 'n Leesobend gah, denn mutt ick jo miene Böker mitnehmen, un wiel datt dat nu al teihn sünd, passt de bi lütten nich mehr so good rin in mien 'n vörnehmen Aktenkuffer. Dütthalven wull ick mi 'n wat göttern köpen, nicks Düres, blots eben för düssen Zweck.

Ick güng in 'n grotes Kööphuus.

In de Eck för Kuffer un Taschen stunn 'n wat öllere, eernsthaftige Lähdie: de Verköpersch. Dat duuer denn ok nich lang, dor harr ick 'n swatten Kuffer funnen – wenn ok mit Tallenslott, wat ick egentlich nich so goot finn, de kannst jümmers so swoor instellen. Na, goot. Ick fröög denn so de Verköpersch, wat se düssen Kuffer ok mit 'n Slötelslott harr?

Warum? fröög se verwunnert un tämlich langsom, dat harr mi al to denken geven mußt.

Ick verklor ehr, datt ick bi de Tallenslöter jümmers beten Maleschen harr, un denn dat Instellen ...

Nee, see se, das funkschoniert, da könn'n Sie beruhigt sein ...

Se snack so langsom, datt tominnst se 'n beruhigten Indruck möök.
Tjä, see ick, köönt se mi de Slöter denn mol eben bitte instellen ...
Häh? fröög se.
– Wat se mi ... ob Sie mir die Zahlenschlösser mah bitte einstellen können?
– Warum? Das funkschoniert ...
– Jo, ick weet ... aber trotzdem – seien Sie doch bitte so nett ...
Ick nööm ehr miene Tallen.
Wie Sie meinen ... aber das funkschoniert ... Se dreih de Tallen. So, bitte, nu hab ich das eingestellt!
Ick wull den Kuffer tomaken, man dat güng nich. Geiht nich to, see ick.
Wieso, meen se, vorher gingas doch zu ...
Jo, anter ick, dor weern ... da war das Schloß auch auf Null-Null-Null eingestellt!
– Ja, denn mach ichas wieder auf Null-Null ...
Nee, see ick, auf meine Zahlen soll das ... un ick möök ehr noch klor, datt se woll bi 't Instellen binnen an 't Slott so 'n lütten Nippel verstellen müss.
Nah fiev Minuten harr se sick 'n Fingernogel un 'n Kugelschriever afbroken un veel hen- un herdreiht, man de Kuffer güng liekers noch nich to. Twüschendörch müss se ok an de Kass bedeenen, un so sutje as vörher weer se ok nich mehr. Se hett den Kuffer an de Siet packt un 'n tweeten vun de Art ut 't Regal langt. Düttmol dee se dat twars richtig instellen, de Kuffer güng ok to, man nich wedder op, denn se harr vergeten, den Nippel binnen wedder trüchtoschuven.

Also jetzt wer' ich aber gleich ... meen se, un dat wurr se denn ok. Se smeet dat Ding an de Siet un Nummer dree, de leste vun de Art, weer an de Reeg. Düttmol hanteer se hektisch mit 'n Manikürsticken. Dat kreeg ehre Kollegin mit, un wiel datt dat woll de ehr Instrument weer, deen sick nu de twee Lähdies fünsch anblaffen. Denn harr se dat aber fix henfingereert, de Kuffer güng sogor to un se wull wedder eben an de Kass, wo al dree Kunnen luurn deen. Dat Dösige weer blots, datt se ehrn Kassenslötel, de ehr an 'ne Kett üm'n Hals bummel, in den Kuffer mit insluten harr. Un nu kreeg se den Kuffer nich wedder op.

Himmel Arsch! see de Lähdie, un dat richtig luud.

An de Kass töven nu fier Piehpl.

'n riehläcksten Softi, wat woll de Abteilungsleiter weer, keem vörbi un frög fründlich: Is was?

Is was! gnurr de Verköpersch – ich glaub, der Herr hier will mich verjuxen. Drei Koffer sind schon in 'n Eimer – ein geht nich mehr zu un zwei nich mehr auf, un hier is jetzt sogar mein Schlüssel in! Sowas!

De dree kregen sick nu fix in de Wull, un ick heff mi denn liesen verdrückt.

Mien 'n Kuffer heff ick in 'ne annere Filiool vun dat Kööphuus köfft, sogor dat sülvige Modell, man instellt heff ick de Slöter denn tohuus un funkschoneeren doot de nu ok.

Also wenn mi mol keene Geschichten mehr infallt, denn warr ick Verköper in de Kufferabteilung. Denn dor bün ick nu Profi in.

Twiefel

Oh nee, dat is jo dat reine Martyrium, is dat jo! Jümmers blots so 'n weeken Slabberkraam eten, dor kummst jo vun de Fööt! Un is jo ok schaneerlich, wenn du – also nülich eerst wedder: Ick harr dor 'n Leesobend, un in de Paus geev dat fein wat to spachteln, un ick mi furts so 'n delikotes Smoltbroot angelt, biet dor rin un – – denkst, di fohrt 'n Blitz dörch't Muul! Un dat allens blots wegen de twee lütten Löker, de ick in de Tähn heff – een op de linke, een op de rechte Siet. Tobieten kann ick blots noch vörn, un de Lüüd glöövt denn, ick bün 'n Mümmelmann.
Man denn – wenn ick mi utmol, wat bi 'n Tähnknieper wedder op mi tokümmt ... Dat Drama fangt al in 't Treppenhuus bi em an: Düsse Ruuch – gräsig! Twee Treppen hoog mutt ick stiegen mit den Ruuch in de Nees, un baben sitt denn de fründliche Deern, de mi angrient, as harr ick dat grote Loos wunnen! Keen Beduurn, keen Nicks! Stattsdess dröff ick in't Wartezimmer. Vun wieden hör ick den Düvelsbohrer singen, af un to »Nochmal spülen, bitte!«, un al neeslang kümmt 'n witten Minschen trüch, seggt keen Woort, langt sick sien Paletot un slickt mit dat grote Grugeln in de wieden Ogen wedder nah buten. Nah dusend Ewigkeiten ward de Döör fidel opreten un de witte Fee röppt: Herr Bärthel, bitte!
Exekutschoon. De Delinquent Bärthel wankt op maddelige Been to den Marterstohl. Henleggen – nich mol sitten

kannst du dor, ok de leste Rest vun Minschenwürde geiht di flöten – Poppeerserviett ward di vör de Gurgel bummelt, glieks ward de Henker sien Biel heven – – dor kümmt he al: Mien Tähnkieper is 'n rejellen Smailieh. De lacht över allens. Miene Tähn hett he gor nich op de Reken.

Wo tut's denn weh? Ehr datt ick »Hier!« oder »Dor!« seggen kann, fuhrwarkt he ok al mit sien Fulteriesen in mien Muul rüm. He kloppt un stökert an Tähn rüm, de vörher nie nich weh doon hebbt, jo, vun de ick nich mol wüss, datt ick jem in 't Muul heff. Ennelk hett he dat Lock funnen. Siene Ogen strahlt: Ah ... aha ... ja ...

Ick gurgel ok wat vun »Ah ...«, man ick meen dat anners. In twee Minuten probeert he nu an de hunnert Stück Glitterwarktüüch ut, jüst wenn ick mi över dat eene noog verfehrt heff, is dat neegste an de Reeg. Denn kümmt de Apokalypse – de Bohrer. In mien Snuut gurgelt un suutscht de Suughoken, de Bohrer kriescht mit tominnst hunnertdusend Umdrehungen in de Sekunn, ick stöhn: Aah ..., he antert häppieh: Ach ja?, bi lütten ligg ick op den Stohl as 'ne ägyptische Hockmumie, un ick seh ok wiss so malade ut, denn schall ick den Rest vun miene Tähn utspölen un treck dor teihn Meter lange Sabberfoden bi, de Hölpersch grient, de Dokter grient, un ick bün 'n poormol starven.

Geiht jo ok mit Sprütt. Dat is noch leger. Dor kumm ick mi vör as Schaschlik, blots datt ick dat denn ok noch mit ankieken mutt. Mol wull ick mi nah so 'ne Tortur mit Sprütt noch wat to 'n Slickern köpen un – ick weet ok nich, ick harr eenfach keen Geföhl mehr in de Tung, de Lippen, de Backen – also as ick so vör de Pralinen stunn, dor glubsch mi de Verköpersch jümmers so gediegen an, bit ick mitkreeg, datt ick dor an 't Säbern weer as 'n Bulldogg. Weer kolossol schenant, dat to verkloren, un de Deern meen wiss, ick weer so 'ne Art Dracula op 'n Sprung in dat Schooklodenopfer –.

Minsch, wenn ick blots nich so 'n Bammel harr ... Also in 't neegste Leven much ick to geern Tähndokter warrn un denn eenmol – eenmol blots – mien 'n Tähnkieper as wehrlosen Patschenten ...

Putzdüvels

Bi slecht Weder is dat jo echt kritisch för all de Putzdüvels, de denn egolweg mit 'n Lappen praat staht, wenn Besök kümmt un womöglich mit de Schietpantinen op den witten Berber ... dor fallt mi bi in – in Düütschland finnst jem gor nich mehr op de Straten, de Schohputzers, wieldess in annere Länner – allerwegens kannst di op 'n Stohl setten un diene Schöh gniedeln laten – entweder hebbt de Lüüd hier för sowat keen Tiet oder Matschpedders stört jem nich –.

Dat Schohputzen is jo so un so 'n Thema för sick. In mennigeen Familie is dat jo Usus, datt de arme Mudder all de Pantinen för Vadder, Kinner un sick sülven sauber makt. Dat finn ick nich goot – tominnst hett Ida mi dat bibrocht, datt dat nich goot is, un bi uns tohuus putzt jedeneen siene egen Schöh, dat heet: Ick gniedel miene un Idas, un de Söhns laat dat nah. So allerbest dücht mi dat twars ok nich, man du kannst in't Leven eben nich allens hebben.

Welk Lüüd hebbt ut dat Schohputzen 'n richtiges Ritual makt: Tovörderst ward mit de Böst de Schiet afrubbelt, un dat op'n Balkon oder vör de Döör, denn ward de Pedders mit Creme insmeert, nah'n Ogenblick denn blankpoleert un to 'n Sluss imprägneert. Dat an besten ok an de frische Luft, denn bi teihn Poor Schöh büst du achteran meist op 'n Drogentrip bi dütt Düvelsspray.

Man egol, wat du diene Schöh nu picobello sauber hest –

för veele Lüüd tellt dat nich. Wenn du to de op Besök geihst, denn denkst du, de hebbt'n Schohladen opmakt – so veele Pantinen staht dor vör de Döör. Vadder, Kinner, Oma, Tante – all mööt se sick de Schöh uttrecken, denn vun de Huusfruu ehrn Footbodden, dor kannst vun eten! Ick heff twars noch nich sehn, datt mol een vun so 'n Footbodden eten hett, man dat is woll mehr symbolisch meent.
Egentlich gah ick jo nich to Lüüd, de sick mit ehrn Teppich- oder Parkettbodden so etepetete hebbt, man eenmol kreeg ok mi dat Schicksol to faten – de Lüüd dee ick vörher noch nich kennen. Dat weer in so'n vörnehmes Mehrfamilienhuus, in de tweete Etaasch, un vör de Wohnungsdöör stunnen meist an de twintig Schöh un dorto noch fiev, söss Poor Puschen.
Kiek di dat an, meen Ida, dat is jo gediegen ... schall dat heeten, datt wi ok uns Schöh uttrecken schüllt –?
Ick kunn mi dat meist nich vörstellen, man ok ick harr so'ne Ahnung un toglieks ok afsluut keen Gusto, so'n Tühnkraam mittomaken. Liesen trock ick Ida de Treppen wedder rünner.
Dat geiht nich, tuschel se, wi hebbt doch toseggt, datt wi kaamt ...
Wüllt wi jo ok, see ick, blots 'n beten later!
Poor Huus wieder weer 'n Afteek, dor heff ick denn gau wat tegen Fußpilz köfft un denn sünd wi wedder trüch.
Bimmeln, Hallo, ach wie reizend, wollen Sie sich bitte ein Paar Pantöffelchen aussuchen ... so as ick mi dat dacht harr.
Wi hebbt denn uns Schöh uttrocken un ick ok noch miene

Strümp un de Pampuschen an. Binnen allens Parkett, spegelblank, Perser, Chinesische Siedenteppich – as bi Herzogs.

In 'n Salong stunnen al de Pantoffelhelden un hebbt stilfull an Schampus slabbert. Ick heff kernig »Moin-Moin« seggt, miene Puschen uttrocken un jem mit dat Fußpilzmiddel inpüstert; dornah de Latschen op de Heizung stellt un miene Fööt behannelt. Dat wurr dodenstill in den Ruum, blots de Gastgeversch ehr Dekollete füng gräsig an to bebern.

Tschulligung, see ick, man op de Hygiene laat wi nicks op kamen, dat mööt Se verstahn, wo Se dat hier doch ok allens so propper hebbt! Du, dat wurr di villicht 'n fidele Party! Een bi een hebbt se sick de Puschen un Strümp uttrocken un mien Fußpilzspray weer de grote Knüller. Nah fiev Minuten sünd se all mit barfte Fööt rümlaatscht, blots de Gastgevers nich.

Bit hüüt hebbt se uns ok nich wedder inlaadt, wat ick schaad finn, denn so 'ne fidele Stimmung heff ick op 'n Fier noch nich wedder kennenlehrt, un will ick blots hopen, datt dat noch mehr Lüüd mit so'ne Putzneurose gifft, also datt ick sowat noch mol beleeven dröff.

Pädagogik

Segg mol – büst Du »antiautoritär« erzogen?
So –? Tjä, deit mi leed, man ick glööv, denn leest Du nu beter nich wieder; denn dat, wat ick nu verteIln will, is denn wiss nicks för Di, dor kunn Di womöglich Dien Ego bi in de Grütt gahn, un dat wüllt wi doch op keenen Fall, nich?
Un all de annern mööt sick nu mol vörstellen, wat dor annerlest bi uns in Barmbek passeert is: Op 'n Bank sitt dree Lüüd – 'n wat öllere Fruu, 'n lütten Jung un sien Mudder. De lütte Jung is woll 'n Wüppsteert, 'n Zappelphilipp – he wüppt un slenkert mit siene Been jümmers hen un her, un de öllere Fruu kriggt all neeslang een af, an ehre Been. Dat much se woll nich so geern, un so see se fründlich to den Buttje, he schull ehr nich alltiets so an de Been stöten. Dat dee de lütte Kirl woll hören, man schert hett he sick dor nich üm – egolweg mit siene Pedders tegen de Lähdie ehre Knee, dor kunn se füünsch kieken, so lang as se wull.
De Lüüd in de Neegte, ok 'n poor Jungkirls, weern tähmlich baff – wo kann sowat blots angahn?
Ennelk wurr de olle Daam dat woll toveel un se fröög de Mudder, wat se nich mol ehrn Jung seggen kunn, datt he bitte ophören schull, die Lähdie mit siene Fööt to stöten – dat dee nähmlich weh!
Jeden annern harr nu woll den Buttje bisietnahmen un em

verklort, datt sowat nich geiht, man sien Mudder nich. Ehr eenzig Reakschoon weer, datt se meen, dor kunn se nicks maken, denn ehrn Jung weer nu mol »antiautoritär« erzogen.
Ick glööv, de Lüüd bleev de Spucke weg, as se dat hörten, un de öllere Lähdie woll ok.
Man denn keem de Knüller. Een vun de Jungkirls, de dor in de Neegte stunn un op sien Kaugummi kau, keem sutje an de Bank ran, nehm langsom sien Kaugummi ut 't Muul, trock dat sinnig fein lang, un tüdel de natte Gummistripp de progressive Mudder fründlich dorch ehre Hoor. Nu bleven woll ok ehr de Wöör in 'n Hals steken, sünnerlich as he denn höflich meen, em dee dat twars leed, man ok he weer nu mol »antiautoritär« erzogen – dor kunn he eben nicks bi maken ...
Kaugummi kriggst jo nich wedder rut ut de Hoor, dor muttst de Hoor al afsnieden, un so köönt wi jo hopen, datt de Mudder sick noch recht lang op de Folgen vun düsse »antiautoritäre« Erziehung besinnen deit, wenn se in 'n Spegel kiekt –.
Ehr Jung ward ehr dat seker mol danken, wenn se em bitieden klormakt, datt »antiautoritär« nicks mit »rücksichtslos« to doon hett – un klormaken kannst jo blots wat, dat du ok sülven lehrt hest.
Mien ollen Schoolmeister hett mien Mudder mol seggt: Wer sein Kind liebt, der züchtigt es! Dat kann ick nu gor nich finnen. Verkloppen is wat för Döösköpp un Slappsteerten, de entweder nich weet, wo se ehre Kinner wat verkloren schüllt oder Bammel hebbt, de Kinner kunnen jem nich respekteern. Ick heff jümmers rutfunnen, datt

Verkloren veel sworer is as vörtoschrieven. Un datt de Kinner, de weet, worüm se wat beter nich doon schüllt, dat denn vun heel alleen nahlaat.
Äh ... dat heet – ick will hopen, datt miene egen Söhns dat hier nu nich leest, denn fröher ... dor heff ick dat jo noch nich so nipp wüßt, un op 'n poor an de Backen keem mi dat nich op an. Man de Minsch lehrt jo dorto, nich, un bi miene Jungs ehre Kinner, also wenn ick mol Grootvadder bün, dor warr ick fix op 'n Kien sien, üm datt de Kinner ok op de rechte Art lehrt, wo een mit annere Minschen ümgeiht –. Un ick heff miene Söhns al dütlich seggt, se schulln sick wohrschuun bi de Erziehung vun jem ehre Kinner; anners lehrt se mi abers kennen, dor holl ick mi nich lang mit Snack op, denn dat is to un to wichtig, datt de Kinner ... also jem ehre Kinner ... allens fründlich verklort ward, un nich mit Jackvull un so – also dor verstah ick nu würklich keen Spoß; dor ward makt, wat ick segg!

’n feinen Dag

Egentlich is dat jo nicks Besünners – mol geiht di allens glatt vun de Hand, mol löppt allens verquer. Dat weet jedeneen un mehr oder minner versöcht he dor mit klortokamen. Ick ok. Ick bün ’n positiven Minschen un mak ut allens dat Beste, verlaren Daag kenn ick meist nich; wenn ok – nülich ... also dat weer jo hart an de Grenze ...

Stell di vör: Weer ’n wunnerboren Sommerdag un ick harr al so tegen ölben Fierobend un den grootartigen Infall, mit Ida to ’n Swemmen to gahn, nah Ahrensburg, in so ’n nieges Swemmbad, so mit alle Schikanen. Ida dee sick freien, un halvig twölf weern wi al in ’t Water. ’n Stünn lang hebbt wi dor rümspaddelt in de Sünn, denn wedder antrocken un wullen nah Huus fohren, to ’n Meddageten. As wi häppieh to uns Auto kemen, weer mien Slötel weg. Ida funn dat nich goot, man ick bün jo Optimist, un de Wagenslötel kunn jo ok blots dor op de Wisch liggen, wo wi seten harrn. Ick bün fix wedder trüch in ’t Swemmbad, man den Slötel kunn ick nich wedderfinnen. Wat nu? Argerlich weer dat jo, man so licht laat ick mi nich ünnerkriegen. Ick heff Ida fidel verklort, datt se bitte bi uns Auto töven schull, för den Fall, datt ’n Kriminellen den Slötel klaut harr un nu blots dor op luur, datt wi twee weggüngen –.

Ick bün denn mol eben ’n halv Stünn dörch Ahrensburg scheest, de Sünn lach vun ’n Heven, un de Taxifohrers weern woll all op Urlaub. Halvig twee kregg ick an 'n Bohnhoff 'n Taxi, heff tohuus mien 'n Reserveslötel halt, un dat weer noch nich mol Klock twee, dor weer ick wedder bi Ida – oder dat, wat in de heete Meddagssünn vun ehr nahbleven weer. Dat Swemmen harr nu veertig Mark köst. Ick heff lacht, un seggt, so is dat Leven. Ida hett nich lacht, un meent, för so'n Leven bedank se sick – se hett eben noch nich de Reife.

Dor heff ick ehr fründlich to 'n Eten inlaadt, in Bargteheid geev dat 'n feinen Kroog, sogor mit 'n plattdüütschen Namen. Wi hebbt spendobel spachtelt – Bohnen, Birnen un Speck. Blots betohlen kunn ick nich; ick harr vergeten, datt de Taxifohrer dreeundörtig Mark kregen harr. Ida hett denn betohlt, un de Snuut, de se nu trock, wull mi gor nich gefallen.

Ick föhl düütlich, ick müss ehr wedder oprichten un bün mit ehr to so 'n grotes Möbelhuus fohrt – halv op 'n Weg dorhen weern wi jo al. De Saak is nämlich de, datt wi uns al lang 'n nieges Bett köpen wullen. Ick harr dor so 'n fein oldmoodsches Bettgestell bi in 'n Sinn, ut Messing, un du magst dat glöven oder nich – jüst dat stunn dor in sien ganze Pracht, un weer nich blots Messing, nee, weer sogor mit echt Gold, veeruntwintig Karat – also nich massiv, hehe, ick bün jo nu nich Rockefeller. Un 'n Sünnerangebot, weer sotoseggen eenmolig. Ida hett sick eerstmol hensett un kreeg vör Glück heel swemmerige Ogen. Twee Lähdies keemen an dat Prunkbett vörbi un weern ok hen un futsch, blots de eene meen, bi so 'n Bett bruuk se extra 'n Deenstdeern, de dat Ding egolweg blankgniedeln dee. Man de Verköpersch meen ok, so leeg weer dat gor nich,

un ick heff Ida denn de grote Freid makt un dat güllen Duppelbett köfft.
Denn sünd wi nah Huus fohrt, de Klock weer ok al söss – dat heet, Ida müss fohren, denn ick harr jo nu al noog doon düssen Dag, un egolweg positiv sien – dor warrst ok fix maddelig vun.
So üm acht obends hebbt wi markt, datt uns niege Matratzen, de wi uns eerst vör 'n Johr köfft harrn, datt de twintig Zentimeter to breet weern för dat niege Bett.
Ick will de seggen: Veel harr nich fehlt un ick harr Ida dat glöövt, as se see, datt wi woll hüüt nich grod uns besten Dag harrn. Man du kennst mi jo – 'n Dag is jümmers dat, wat du dor ut makst!
Fein, meen Ida, un wat makt wi nu in de Nacht mit dat to lütte Bett oder de to groten Matratzen?
Typisch. Ick bün den ganzen Dag positiv, un se kümmt nich mol mit de Nacht trecht.
Ick finn, 'n beten wat mutt se doch nu ok bidragen to uns positiv Leven, meenst nich ok?

De »Wenn«-Story

Du, schall ick di mol »'ne Wenn-Story« vertelln? Jo? Is mi nülich infulln, un kann ick mi vörstellen, datt du di so'ne »Wenn-Story« ok licht utdenken kunnst, also pass mol op:
– wenn ick in Telewischn nülich in so'ne fetzige Show 'n Macker seh, de egentlich blots 'n Leed singen schall, dor aber meist dusend Mann Chor un Orchester för brukt, kolossalen Hall as in 'n Elvtunnel, de Bühn vull buntklörige Glitterrööd, de sick dreiht, twintig Spots un hunnert Flakkerlüchten, de egolweg an- un utgaht, wenn all dat Apentheoter blots opstellt ward, üm datt du nich markst, wo dösig de dree Minuten Trallalla sünd, ok wenn de grote Sänger sick een afhampelt as güng dat üm sien Leven ...
– wenn enerwegens in so'n Nobelschuppen de Smuutje so deit, as weer he Michelangelo, de jüst de Sixtinische Kapelle as Moussee kumponeert hett, un wenn he di för 'n Banausen hollt, blots wiel datt du vun dat Eten ok noch satt warrn wullt, un wenn de Kökenrastelli öber all den Opstand, den he dor makt, vergitt, datt he egentlich nicks deit as Eten koken, wat afsluut nicks anners is as Hoorsnieden, Büxen flicken, Tähn plombeern, Finsterputzen, Huus muuern, Blinddarm rutsnippeln oder Hemden plätten – also is eenfach 'n Dschobb, den du lehrt hebben muttst, so as allens in't Leven, wenn du dat goot un sinnvull maken wullt ...
– wenn dree Moderatoren, teihn vernünftige Gäst un woll

över hunnert oder tweehunnert Piehpl Publikum op 'ne Talkshow mitsamts Redakschoon, Regie un Technik sick mit ankiekt, wo sick 'n egentlich grootartigen Schauspeeler gräsig vörbibenehmen deit, de annern wiest, datt he sick allens rutnehmen kann, opsteiht, rümlöppt, so labert, datt em nüms verstahn kann – un em woll beter ok nich schall – glöövt, allens beter to weten, man nicks as dumm Tüüch stahmert, un wenn denn achteran in't Kääsblatt noch lesen kannst, de in de Talkshow harrn sülvst Schuld hatt – se harrn em eben nich so dösige Fragen stellen schullt ...

– wenn de Ölmultis so doot, as harrn all de Autofohrers een an de Birne, wiel datt se nich begriepen kóönt, datt Benzin op keenen Fall noch billiger warrn dröff, un wenn een vun de Obermackers dat minnachtig »Volkssport« nöömt, wenn de Lüüd dor tankt, wo dat Benzin billiger is...

– wenn enerwegens in Düütschland hüüt 'n Politiker – mag he so lütt un kommunal sien as he will – wenn de – egol, wat dat bi em tohuus an 'n Fröhstücksdisch, op de Stadtratssitzung oder op 'n öffentliche Versammlung is – wenn de seggen kann, üm dat un dat betohlen to könen, müssen se eerst 'n rieken Juden slachten, un wenn denn veele Börgers in sien 'n Ort meent, dat weer nicks Besünners, dat weer nu mol so'n Snack, dor mutt 'n sick doch nicks bi denken, wo he doch so 'n feinen Macker in 'n Sportvereen weer, un dat kunn doch jedeneen mol passeern, süh – un wenn dat denn bi uns in Düütschland keenen Storm, keenen Orkan, keen Eerbeven gifft... tjä, du – wenn ick dat allens seh, hör un beleev, denn ... denn frog ick mi würk-

lich, wat dat öberhaupt Sinn hett, öber düt oder dat to sinneern; denn eerstens kümmt dat op mien Meenen nich an, un tweetens bün ick ok nich sünnerlich klook.
Man drüttens büst Du jo ok noch dor! Un wenn wi beide uns nich to 'n Narren holln laat – dat is doch beter as gor nicks, nich?

Puan Klent

Wenn een sien Konfirmatschoon al 'n poor Johr achter sick hett, denn is dat sotoseggen 'n lütt Wunner, wenn he miteens – meist per Tofall – wedder in düsse Tiet trüchwannern kann; un dat sünnerlich, wenn he denn markt, datt dörtig, veertig Johren nich veel mehr sünd as een Dag –.
So 'n Beleevnis heff ick annerlest hatt, denn ick weer in Puan Klent. Veele Lüüd hebbt Puan Klent op Sylt as Kinner oder Jugendliche kennenlehrt: dat »Jugenderholungsheim« op halven Weg vun Westerland nah Hörnum, versteken in de Dünen, twüschen Watt un Wellen; so as jümmers 'n beten ut de Welt, heel för sick, un wenn du dor büst, denn geiht di dat jüst so.
Wo ick fröher as Schöler west bün, dat schull ick nu as Schoolmeister weddersehn, un so recht happy weer ick nich bi den Gedanken an twee Weken vull Larm, eten in 'n groten Saal to faste Tieden, slapen in 'n Ruum, de mit 'n Nobelhotel so wenig gemeen hett as ick mit Prinz Philip, un wiet un breet keen Kroog för 'n düchtigen Sluck ...
So 'ne Sorgen harr mien Klass, allens Jungs un Deerns üm de föffteihn Johr old, seker nich, un dat duur keene veeruntwintig Stünnen, dor harr ok mi dat olle Puan Klent-Geföhl wedder tofaten. Kannst di meist nich vörstellen, wat dat bedüüdt, morgens an 'n langen Disch to sitten, an de Sieden 'n fidele Crew, de all vergnögt rinhaut in Rundstück un Marmelood; vör di 'n opregenden Vörmeddag

mit Strandwannern, Tischtennis un Töven op dat Meddageten; nahmeddags rümjachtern op 'n Footballplatz, egolweg Sand in de Snuut, natte Büxen vun 't Spazeernlopen an 'n Strand un Töven op dat Obendbroot, Klock söss. Un 'n langen Obend mit Wüss grillen, Disco, in 't Füür kieken un die wunnern, datt de Steern an 'n Heven öber Puan Klent noch jüst so schöön sünd as fröher –.
Nah 'n poor Daag harr ick veer Pund afnahmen, 'n Sünnenbrand op de Fööt, Muskelkater allerwegens un kunn ennelk wedder Gedichten schrieven – ok dat makt Puan Klent.
Blots mit dat Slapen weer dat'n Krüüz. Versök du mol, meddags to slapen, wenn all Ogenblick een vun de Jungs un Deerns dringend notwennig wat mit de Mackers in de annern Kamers to besnacken hett – kannst verrückt bi warrn. Un obends weer dat ok keen Wunner, wenn se nich inslapen kunnen un noch Klock ölben an 't Juchen un Vertelln weern.
Mennigmol bün ick merrn in de Nacht wedder opstahn un op barfte Fööt liesen rutsleken; heff an 't Watt seten un in de Dünen, allens weer gries üm mi rüm, wied weg repen Vagels dörch de Nacht, vun de Westsiet brusen de Wellen, un ick kreeg jüst so 'n kollen Achtersen as domols, vör dörtig, veertig Johren. Un ick nehm mi fast vör, bannig op 'n Kien to sien, datt mien Klass nich utbückelt to nachtslapen Tiet, so as ick fröher. Un dat hebbt se wiss ok nich doon, blots – wenn ick mi vörstell, wo de mi uttrickst hebbt bi 't Tischtennis ... so heel seker bün ick mi dor nu nich mehr –.
Na, nu sünd se jo all wedder tohuus, is allens glatt lopen,

geev keen Trabl un nicks, blots Pläseer, un för mi 'n Trüchwannern in de Vergangenheit. Un dat mag jo sien, wenn ick achtig Johr old bün, datt ick denn noch mol wedder nah Puan Klent fohr, obends in de Dünen sitt un wunnerwark, wo de lesten dörtig Johr bleven sünd, un mi op de Tiet besinn, as ick noch jung un föfftig weer, mit Rümjachtern, wannern an 'n Strand un veel Sand in de Snuut – in Puan Klent muttst eben mit allens reken.

Gräsig fidel

Wenn ick hier bi uns in Hamborg mol op'n Dom gah, denn wunner ick mi jümmers, wat de sick elkeenmol wedder för vigeliensche Attrakschonen utklamüstert hebbt. Wenn di in düsse modernen Fulterapparote nich dat Binnerste nah buten kehrt ward, denn is dat eenfach nicks, vun'n eenfach Karussel wüllt de Lüüd hüüt nicks mehr vun weten. Is allens een Lack un Glitter, dusende von buntklörigen Lüchten keddelt di de Ogen, un wat de Sluck- un Smeckvergnögen angeiht – de kannst gor nich mehr tellen. So is dat bi uns.

In dat lütte Dörp in Irland weer dat anners. Nich, datt de Lüüd dor keen Spoß harrn – dat nich. Hebbt sick jüst so amüseert as uns Piehpl op'n Dom, ock wenn ick dat toeerst nich glöven kunn. Wi kemen op uns Urlaubsreis nämlich nohmeddags in dat Poor-Hüüs-Kaff, un dat Eerste, wat wi segen, weer de Johrmarkt. Een Glücksbood, 'n Autoscooter un Schunkelscheep – also so'ne Luftschaukel.

Na, und? seggst du nu, dat is doch al wat! Jo, man hör mol wieder: In de Glücksbood geev dat as Priesen Gammel, den du bi uns op jeden Sperrmüll finnen kannst. De düürste Pries, de »Hauptgewinn«, weer 'n Plünnenstohl, so een för teihn Mark ut'n Kööphuus. De Autoscooter weer teihn mol fiev Meter groot, de Wagens rustig un schedderig un boben weer allens mit Sacklinnen dichtmakt; fiev, söss lütte Funzeln as Illuminatschoon – dat weer allens. De

Schunkelscheep weern ut olle Holtplanken tosamenbosselt – achso, un denn noch 'n Disch för Zuckerwatte. Dat dee regen, allens weer natt un suddelig, un ick dach bi mi: Wenn sick dor een vergnögen will, denn mutt he 'n Knick in de Birne hebben.
Obends, so twüschen negen un teihn kemen wi dor wedder vörbi. So vull heff ick dat op'n Hamborger Dom noch nich beleevt. Kinner, Fruun un Mannslüüd, olle Lüüd, Hunnen un Katten – all weern se dor. In de Schunkelscheep juchen de Deerns un Kirls, vun de Glücksbood weer nicks mehr to sehn, so veele Lüüd stunnen dor ümrüm, un in den Autoscooter weer keen vun de schedderigen Kaleschen mehr free.
Man dat Dullste weer so'n Art vörsintflutlichen Hau-den-Lukas! Mit veel Möh kunn ick mi 'n beten nah vörn drängeln, un nu holl di fast: Dor weer een an't Holthacken! As 'n Berserker swüng he dat lange Biel un klopp 'n halven Boom twei. De Stücke müssen so lütthackt sien, datt se dörch 'n Enn Dackrohr passen. Denn prupp he de Klaven in'n Büdel rin, smeet sick dat swore Ding op'n Ast un pees as de Blitz mit den Büdel vull Holt eenmol üm den Johrmarkt. In veer Minuten un twintig Sekunnen! De Lüüd weern rein dull vör Freid un Opregung, un nu weer sien Konkurrent an de Reeg. Vör em legen twee Boomschieven – för een dorvun wurr ick 'n Dag bruken, üm de tweitokloppen. Baben op den Holttorm noch 'n lütten Stubben. De Champion weer man 'n lütten Spiddelwüps, man he hau dat Biel op den Stubben, datt mi dat Holt üm de Ohren fleeg. Denn harr he de boberste Schiev bi'n Wickel. Dat duur 'n poor Sekunnen, denn harr he den allmächtigen

Oschi tweikloppt. Nu noch de annere Schiev. Düttmol harr he so'n kolossolen Slag an'n Lief, datt dat Biel in den holten Trumm steken bleev. Mit sien gigantische Knööf swüng he dat Biel mitsamts den halven Boom dörch de Luft un baller de Ladung op den Bodden. He harr Pech – dat Biel seet nu so fast, datt dor nich mol Franz-Joseph 'n Schangs hatt harr. He müss denn also opgeven. De eerste Holtgoliath kreeg 'n groten Pokal, un de Lüüd hebbt bölkt un klatscht as mall.
So fidel heff ick dat noch op keen Johrmarkt funnen. Ick heff mi sogor an de Glücksbood twee Lose köfft un harr groten Dusel, datt ick nich den Plünnenstohl wunnen heff. Mit den Autoscooter bün ick lever nich fohrt, denn dat weer jo elektrisch, un in Irland wull ick nu nich doot blieven, ok wenn dat dor den fidelsten Johrmarkt vun de Welt gifft.
In'n Winter warr ick mi in Hamborg mol mit Biel un Holtstubben op'n Dom stellen – ick glööv, dat is 'n echte Marktlücke.

Topziekrett

Ick mutt jo togeven – wünscht harr ick mi sowat jo al jümmers! As lütten Jung to 'n Bispill kunn ick mi nicks Opregenderes vörstellen as mol 'n groten Detektiv to warrn un heff mi denn tähmlich argert, datt ick bi »Emil und die Detektive« nich mit vun de Partie sien kunn. Jo, un denn, poor Johr later, dor heff ick denn James Bond bewunnert, ok wenn ick dor al öber dörtig weer – vun so 'n Droom ut dien Jugendtiet kümmst eben nich so licht vun af ... geheemnisvulle Minschen, keeneen weet, wat de annere in 'n Sinn hett, gräsig wichtige Saken ward achter toslaten Dören besnackt, wenn du wat opschriffst, ward dat furts wedder verbrennt – na, op jeden Fall: Is allens aarig wat spannend –.
Wat frogst du? Wat ick dütthalven nu bi 'n NDR lannt bün? 'neem ok keeneen weet, wat de annere ... äh, hör mol ... dor snackt wi mol öber, wenn wi ünner uns sünd, nich, sotoseggen achter toslaten Dör ... na, also laat wie dat nu ... wat ick hier nu seggen wull, is nämlich heel wat anners: Stell di vör – ennelk is mien Droom vun dat geheemnisvulle Agentenleven wohr worrn! Echt! Naja – also nich mit Ballermann oder Klock mit inbuuten Fallschirm, dat nich, man anners akraat as bi James Bond 007! Un denn noch dor, 'neem ick mi sowat gor nich vermoden dee: bi uns in Hamborg-Volksdörp, in de Filiool vun de Bank, de sick mit miene poor Penn amüseert. Ick wull mi vör 'n

poor Weken 'n niege Scheckkoort halen, wat jo afsluut nicks Opregendes is.
Datt de Lüüd in de Bank gediegen kiekt, wenn sie mi seht, dat kenn ick jo nu al, man düttmol weer dat doch anners: As ick wat vun niege Scheckkoort see, dor harr ick dat Geföhl, bi 'n SSD to sien. De Lähdie keek mi deep in de Ogen und wüsper wat vun »Geheimnummer« un »gleich wieder verbrennen«!
Wat, see ick, wat för 'n Nummer is dat? Ick harr dat wiss to luud bölkt, denn düsse Nummer, so verklor se mi, düsse Nummer is sowat vun geheem, datt nüms ehr kennt! Un ok nüms dor wat vun weten dröff! Wenn een över föfftig Johr 'n honetten, soliden Börger west is, denn fallt em dat jo 'n beten swor, sick so stantepeh op James Bond intostellen, un dat hett denn bannig lang duurt, ehr datt ick dat groot Geheemnis kapeern kunn. Dat Tuscheln un Wüspern hett mi richtig nervös makt, un as ick denn mien Topziekrettnummer kreeg – in 'n verslaten Ümslag, versteiht sick – dor harr ick mi ok nich wunnert, wenn se dor dat Licht bi utknipst harrn, üm datt dat ok nüms mitkreeg.
Ick harr Tatterhannen un 'n sweetnatten Baffi un bün denn furts nah Huus peest, heff mi in 'n Kleederschapp hockt un dat Breefkuvert vörsichtig opmakt. Dor kunn ick ehr lesen, ünner mien Daschenlamp: Dree-dree-een-söben! Mien Geheemnummer! Blots mien alleen! Keeneen kennt ehr, nich de Bundeskanzler, keen Udel un nich mol Ida! Blots ick. Un de Computer vun mien Bank, man de dröff nicks verraden, un womöglich vergitt he ehr ok wedder, dat weer wiss dat Beste. Denn so heff ick de Nummer 'n Stünn lang butenkopps lehrt – dree-dree-een-söben, dree-

dree-een-söben, dree-dree-een-söben – jümmers in mien dicken Paletot rin, so datt dat ok nüms hören kunn. Jo, un denn heff ick ehr un leider ok miene Finger verbrennt, ’n deepe Kuul in ’n Gaarn buddelt un dor de Asch ingraven, in Dustern, un nu bün ick Geheemnisdräger.
Nu schall mi blots noch verlangen ruttofinnen, wat ick mit de Nummer anfangen schall … man dat is seker ok wedder ’n Geheemnis …

Kumfermatschoon

Dat Fröjohr is jo ok Kumfermatschoonstiet un ick frei mi denn jümmers, wenn ick de Jungs un Deerns so fierlich vun de Kark nah Huus stulzeern seh – naja, so fierlich as fröher nu nich mehr, hüüt sünd dat de reinen Mannequins un Dressmen, man liekers: kannst jem dütlich ansehn, datt düsse Dag ok hüüt noch heel wichtig för jem is, nich blots wegen de Präsente, nee, ok sünst. Wat dat för 'n eenmoligen Dag is, de Kumfermatschoon, dat ward se ok noch later marken, in de Erinnerung –.

Bi mien Kumfermatschoon weer dat jo allens noch 'n beten anners, dat weer negenteihnhunnertachtunveertig, in de R-Mark-Tiet, un de Pasters weern domols wiss ok noch anners as hüüt; mien Paster vun de Christuskark hett mi op jeden Fall tweemol rutsmeten ut den Kumfermandenünnericht, also so heel locker weer he nich, un dorbi harr ick dat eerste Mol blots »In the mood« un dat tweete Mol »The flat foot floogies« op dat Harmonium speelt, un de Gesangsböker harr mien Fründ versteken un nich ick! Un datt ick nich so goot butenkopps lehren kunn, dor kunn ick doch nicks för! Ick meen – wat hett Butenkoppslehren mit Glöven to doon, wat? Un denn in de Kark – segg mol ehrlich: Wenn vör di twee Deerns staht un se hebbt beide so 'n rasante Sleuf öbern Achtersen – dor kannst doch denn eenfach nich anners, as de twee tosamentoknütten! Un egentlich wull ick mien 'n Fründ ok blots wiesen, wo 'n

Seemannsknütten makt ward –. Weer op jeden Fall echt Stimmung in de Kark.
Domols kreeg ick jo mien eersten Antoog mit lange Büxen – Büxen mit wieden Slag in. Fieter, mien Fründ, un ick kregen de lieken Antöög vun mien Vadder sniedert – he in gries, ick in bruun. Eerst weer he jo suur, datt mien Büx noch fiev Zentimeter wieder weer as sien, man as ick denn op de Trepp vör de Kark dormit stulpert bün, hett he sick wedder afreegt.
Tohuus harr ick allens för 'n gigantische Orgie prepareert. Wi wullen op keenen Fall mit in de Wahnstuuv fiern, bi all de Unkeln un Tanten, de harrn jo so un so keen Ahnung vun stahke Feten, nee dat bachantische Inferno schull in mien Kamer aflopen. Klock söss schull dat loosgahn, man miene fiev Mackers stunnen al Klock dree op de Matte, un ick harr denn gor keen Tiet mehr to 'n Meddageten, wat laterto noch gräsige Konsequenzen harr. Mien Kamer funnen se afsluut »lasch«, wat domols soveel heet as hüüt »affengeil«. Ick harr allens duster makt, wat meddags nich so licht weer, veele Lüchten opstellt – wo dat ok an leeg, datt ick in de tokamen Johren blots noch op een Siet Gardinen vör't Finster harr – un mit mien Mudder ehr gediegen Ohdekolonsch allens vernevelt, so datt dat rüük as in 'n orientalischen Puff. Siet de Tiet harr ick ok keene Spinnen mehr in mien Kamer. Op 'n Disch stunnen söss Glöös, een Buddel Wien un een Buddel Likör. De grote Welt kunn anfangen.
Tovörderst aber keem noch mien Unkel Willi nah achtern, de broch mi 'n Breeftasch mit teihn Mark in, un se hebbt mi all düchtig bewunnert, blots Möppel see, datt he all

dörtig Mark harr, wenn ok nich so 'n Breeftasch, un he müss denn ok den eersten vun Dieter siene Spezialcocktails drinken, ut Cröver Nacktarsch mit Peppermintlikör un Rumaroma. Möppel dee sick fix verännern, un wie hebbt em lever in 't Kleederschapp leggt, denn mien Mudder harr för so 'ne Mutatschonen keen Sinn.

Klock fiev stunnen de Damen vör't Finster, de Kalli organiseert harr – wi deen jo Parterre wohnen – un wi hebbt jem gau rintrocken; de eene Deern weer dörteihn un de annere, ehr Süster, teihn. Dat wuur nu de reine Sexparty, un ick heff jem furts mien Breeftasch wiest, un Dieter wull sogor mit Arrakaroma arbeiten, man dor full Möppel ut dat Schapp un de Deerns hebbt gräsig bölkt un sünd ut 't Finster jumpt.

Klock söss heff ick noch mitkregen un ok Kalli sien Mudder, man denn kann ick mi op nicks mehr besinnen.

Man schöön weer se doch, mien Kumfermatschoon un sowat Feines heff ick ok nie wedder beleevt.

Pyromane

Ick weet oknich – man enerwegens mööt woll dörch all de Johrdusende vun de minschliche Entwicklung so bestimmte Saken ... also de kannst ok hüüt noch bi de Minschen wieswarrn ... to 'n Bispill, datt Füür so 'n depen Indruck makt op di, un dütthalven sick jo ok de Pyromanen entwickelt hebbt, un ok ick bün dor jo nich free vun, neenee ... nich datt ick dor nu Spoß an heff, mit Füür to speelen, al mol gor nich mit open Füür, man liekers – hett eben wat Spannendes an sick ... Blots wenn dat denn sowiet is, denn kumm ick licht in Kalamitäten, wiel datt ick denn nich cool noog funkschoneer ... domols, to'n Bispill – dat is nu al dörtig, veertig Johr her, as ick mit mien Fründin to'n Telten weer, op Sylt, un as ick denn mit uns Spirituskoker innegang weer un opmol weer de Spiritus alle, un ick heff denn sutje ut de Buddel nahgaten, man vörher nich den Brenner todreiht, un miteens dat lustige Füürwark in uns Telt – weer echt stimmungsvull! Klor, datt ick löschen wull, ick bün jo nich beknackt, nich, un ick heff denn ok furts nah den Waterbüdel grepen un ünnen den lütten Hahn opdreiht ... jüst so goot harr ick dor rinpinkeln kunnt. Bün ick eenfach nich op kamen, den Büdel över dat Water uttokippen, oder dat Füür mit Sand to löschen, dor harrn wi jo 'n poor hunnertdusend Zentner vun vör de Döör liggen. Achteran harrn wi 'n wunnerboren Panoramablick ut uns Telt.

Oder dat eene Mol mit uns Frittenpott, man dor harr ick egentlich gor keen Schuld an, dat leeg mehr an Anna, mien Fruu ehr Süster. Wi harrn nämlich Schaschlik grillt un dorto smackige Pommes frites. Dat Dösige weer blots, datt se den Pott nich wedder vun'n Herd nahmen harr, un mit eenmol hören wi dat so fidel knistern ut de Köök, un op de Deel kunnen wi al nicks mehr sehn, so as bi den Seenevel in 't Watt, wo ick domols üm een Hoor mit Ida bit nah England lopen weer – na, op jeden Fall: De Fettpott in de Köök dee brennen, un ick as clevern Typ heff dor 'n Ammer Water ropgaten ... also so stell ick mi dat in de Höll vör! Kannst di nich vörstellen wo grugelig sick dat anhört, wenn du in 'n Hooghuus luut »Füür! – Füür!« bölkst! Un wat de Lüüd all fix buten sünd ut de Wahnungen! Man as de Füürwehr keem, harr'n Naver al mit sien Füürlöscher allens in de Reeg brocht, weer also noch mol gootgahn. Blots op dat Schaschlik harrn wi nich mehr so'n Jieper.

Naja, hüüt bün ick jo vörsichtiger worrn, blots noch af un to, denn kümmt dat öber mi ... Op mien Campingplatz hebbt de Navers sick dor ok al an wennt, un wenn ick an't Grillen bün, denn stellt se ehre Autos so hen, datt se in 'n Nootfall fix vun 'n Platz ... mien Naver Freimuth hett sick al 'n Füürlöscher toleggt – wo ick doch ok een heff ... un ick finn dat ok 'n beten öberdreven, datt he, wenn ick mien 'n Grill ansmieten do, datt he denn jümmers so luud sien Fruu frogt, wat se den Kuffer al packt hett! Un dat blots, wiel datt ick, as wi den niegen Grill harrn, wo ick noch nich so Bescheed mit wüss un wo de Brennspiritus ünnen rutleep un de Wisch mit mol ... blots lütte Flammen, un ick ok furts dor op rümdanzt, also harr ick allens ünner

Kontrolle, nich? Nichmol Ida hett sick opregt; as ick dor an't Danzen weer, hett se blots to ehr Süster seggt: Kuckmah, wasser noch für 'n Temperament hat, sonne Schritte tanzt er mit mir nie! Blots wenn ick mi vörstell, datt ick dor mit barfte Fööt an't Grillen weer, mol seggen in 'n August – 'n Fakir bün ick jo nu nich! Dütthalven grill ick nu blots noch mit'n Ammer Water an de Siet un dorto noch mien Füürlöscher, un de Navers hebbt 'n Kontrollgang inricht, kümmt also alle twee Minuten een vörbi, seggt fründlich »Goden Obend!« un frogt, worüm ick mi wedder de Ogenbrunn afraseert heff –.
Ick meen – 'n beten Vertruun kunnen se doch to mi hebben, meenst nich ok?

Sommerparadies

Also nu hebbt wi jo hier bi uns in Hamborg de Harvstferien tofaten, un denn so dücht mi, is dat an de Tiet, mol öber den Sommer to snacken, denn wenn du öber wat rejell ordeeln wullt, denn brukst du Afstand.
De Saak is nämlich de: in 'n Sommer bün ick jo jümmers an de See togang, boben in St. Peter, glieks achtern Diek, wat jo sotoseggen mit de Johren mien tweete Heimat worrn is. Süh, un dor hangt mi dat nu bi lütten to 'n Hals rut, de Lüüd all neeslang seggen to hören: An de See? St. Peter? Gah mi blots af! Egolweg Storm un Regen, kold, Sünnschien blots to Wiehnachten! Water nich to sehn un mit Hailaif is ok nicks! Dat's doch keen Urlaub! Is wohr, so dösig snackt de!
Kann ick blots öber lachen, allens dumm Tüüch.
Eerstmol: Wo oftins heff ick dat beleevt, datt dat dor an de Küst al in 'n Mai nich mehr uttoholln weer vör Hitt! Föfftig Grad un mehr. Sünd dor mit barften Baffi rümlopen, de Urlaubers, is eben blots 'ne Fraag vun dat Thermometer, un ick heff nu mol een, dat blots Fahrenheit wiest. So eenfach is dat. Un wenn di dat to warm ward, denn gifft dat dor düsse wunnerboren Kröög, wo du di fein afköhlen kannst. Sühst du dor 'n Problem? Ick nich. Un denn vunwegen Storm! Storm – wat is dat öberhaupt? Is doch ok blots Wind. Un magst du in 'n Backoven sitten, wo nich mol 'n lütte Bries weiht? Dor warrst doch rammdösig bi.

Denn is de Luft vull Flegen un anner Krabbeltüüch, un du kannst nich deep Luft holln, ohn datt du di 'n Koffeeseev vör't Muul hangst. Nee, du – wenn di op 'n Diek de klore, würzige Luft vun St. Peter üm de Nees striekt, denn is dat man eenmolig good för de Lungen un dien 'n Täng, un wenn de Wind fidel dörch diene dree Pullover un twee Friesennerze suust un di dat nah'n poor Stünnen doch beten frisch ward, denn is ok dat keen Mallöör, denn in 't Dörp gifft dat jo düsse starken – naja, ick will hier jo nu keen Werbung maken ... op jeden Fall: 'n Tass Tee mit gelen Kööm gifft dat dor – hest nah fiev, söss Tassen echt dat Geföhl, du kömmst ut de Sauna un is denn dat Weder op Mallorca 'n polaren Schock gegen.
Och, un denn jo: Regen! Düssen Sommer hett dat an de See nich eenmol regent. Poormol hett dat smuddelt un all de anner Tiet hett dat pladdert. Wenn dat smuddelt, brukst du nich mol Ööltüüch un Südwester, denn dat hölpt so un so nicks, wiel datt dat Water bi't Smuddeln nich vun boben kümmt; dat is denn, as wenn du Koppstand ünner de Duusch makst. Un wenn dat pladdert, denn stellst di eben 'n beten ünner, an 'n Besten in düsse starken – na, weetst jo al Bescheed, de hebbt dor so'n drögen Aquavit, datt vör luuder Perzente meist dat Glas nich mehr natt ward.
Jo, un wat schall ick dorto seggen, wenn de Lüüd labert, in St. Peter gifft dat keen Water oder muttst eerst stünnenlang lopen, wenn du di de See ankieken wullt? Dor maak ick veermol »Ha«! un frog di op Ehr un Geweten: Hest du dor boben al mol een sehn, de keene Gummistebel anhett? Na bitte. Al nah dree Weken Smuddeln un Pladdern steiht di de Blanke Hans vör de Huusdöör, un surfen kannst du

meist al op'n Balkon. Un wenn du partout op Swemmsport steihst, denn gifft dat dor ok 'n feines Swemmbad, dor kannst du di fein kommodig an de Theke setten un bi 'n Pharisäer – fein heet, stark un sööt – Swemmen ankieken soveel as du wullt.

So, un wenn du nu noch keen Nordseefan büst, denn luster mol, wat dat in St. Peter an Hailaif gifft! Is Las Vegas gor nicks gegen, un vun dat alberne Speelcasino an de Ostsee will ick gor nich snacken – mol ehrlich: Wat is al so'n eenarmigen Banditen, so'n dösigen Dischflipper gegen de Sensatschoon von St. Peter? Dor gifft dat nämlich den »Eiderstedter Flipper«! Also hebbt se in de Hauptstraat an de Sieden een groten Blomenpott nah den annern henstellt, fein durabel ut Beton, un wenn de Autos dor gegenditscht, denn gifft dat nah een Kilometer Flippern blots noch Gewinner.

Nee Lüüd, ick frei mi nu al op den neegsten Sommer in St. Peter. Bit dorhen freet ick jeden Dag 'n Pund Woddeln un krigg denn to rechte Tied de gesunde Seebräune.

Mit Mess un Gobel

Also ick glööv, dat weer wat för mi west, fröher, op düsse kolossalen Bankette in 't Middelöller, wo du di eenfach 'n halven Ossen vun 'n Disch angeln kunnst un denn blots mit Hannen un Tähn dor op loos – nicks vunwegen mit Gobel un Meß! Hüüt gifft dat sowat jo blots noch in de Gummibörgerschuppen, un 'n halven Ossen langt denn för poordusend Mann, un fettige Griffel kriggst mehr vun de Fritten as vun 't Delekteern. Oder muttst di för so 'n wilde Freetorgie anmellen, in England, op so 'n olle Borg, dor is dat Mampfen ok noch Handarbeit.
Man anners ... ick segg di – dat is di hüüt villicht kumplizeert, wenn du di den Buuk vullhauen wullt! Ohn Mess un Gobel büst blots 'n halven Minschen. Naja, mit de Johren heff ick dat jo lehrt, un kann nu sogor mit Suppenlepel un Teelepel ümgahn. Man dat gifft liekers noch Situatschonen, wo ick echt in de Bredullje sitt un eerstmol fein nah de Sieden schuul, wo de annern dat makt. Annerlest weer ick mol inlaadt in so 'n feudales Etablissemang to 'n Kreefteten. Ick harr jo vun Tuten un Blosen keen Ahnung un ick glööv, ick weer nich de eenzige, de dor nich mit Bescheed wüss – de Weert hett dat op jeden Fall eerstmol demonstreert. Datt wi all so an de fiev Quadratmeter Bettdook för de Gurgel bummelt kregen, weer heel plietsch, denn bi 't Eten suddelst di böös in. Visawieh vun mi seet 'n eernst-

haftigen, sutjen, honetten Macker, 'n Schrieversmann sogor. Man as de Kreeften op 'n Disch keemen, dee he sick op 'n Stutz verwanneln. As 'n Kannibolen güng he mit de Beester tokehr, dat weer een Knacken, Sutschen un Slabbern – ick keem sülvst gor nich to 'n Eten, so deepen Indruck dee mi dat maken.

Mit de Snecken is dat jo ok so 'n Kunststück. Dor gifft dat extra Lepel för, un wenn ick mi ankiek, wo de Slipperdinger sluukt ward, denn is mi dat jüst so unheemlich as bi de groten Musseln, de Austern. Ick kreeg dat wiss nich fardig, so 'n Glubberklüten rünnertosluken. Nich mol mit Spaghetti kumm ick richtig klor. Smecken deit mi dat twars goot, man de Technik, de ick bi 't Eten heff, is woll 'n beten to sozial, tominnst meen dat 'n Kollegin vun 'n Funk, mit de ick mol Spaghetti eten heff. Bi mien chaotisches Rümjongleern mit de Tomatenstrippen harr se Möh, sick to verdeffendeern un see, se harr al noog op ehrn Teller, ick schull mien Spaghetti in 't Muul eten un nich vör ehr Nees.

Blots bi 'n Chinesen, dor bün ick Spitze. Dat liggt dor an, datt ick op St. Pauli opwussen bün un as lütten Buttje jümmers de Chinesen besöcht heff. Also düsse Sticken, de sünd keen Problem för mi. Un in 't Chinarestaurant segg ick ok luud un dütlich, datt ick »mit Stäbchen, bittesehr« – Gobel un Lepel is wat för Banausen.

Un denn jo bi Fisch: Fischbesteck kenn ick allerbest un bün ick de reine Sauerbruch, wenn ick 'n smackige Schull bi 'n Wickel heff. Fröher heff ick mi jümmers wunnert, wo bi 'n Fisch allerwegens Gräten sitt, un op mien 'n Teller segg dat achteran ut, as harr ick den Fisch mit 'n Sprengladung utnannerfetzt. Un wiel datt ick dat nu so fein kann, bestell ick ok nie nich Filet, dat is mi eenfach to simpel. Man an 'n leevsten sünd mi Steckröven un Kantüffeln. Dor bruk ick nich mol 'n Mess för. De Röven un Kantüffeln ward fein muust, mit de Gobel – un wenn du dat föfftig Johr öövt hest, denn sprütt dat nich mol mehr – un denn ... denn mak ick dor mit de Gobel sogor 'n Muster op, krüüz un quer un is denn 'n richtige Steckrövenästhetik op 'n Teller. Klor, vörher mak ick de Dör to, üm datt mi nüms süht bi miene infantile Steckrövenorgie – womöglich kümmt noch een op den Infall un seggt, ick heff keen Eßkultur!

Un schenkt mi to Wiehnachten 'n »Gutschein« för so 'n Hack- un Frittenmassaker bi Mc Ronald!

Nee, du – an de Farv kamen latt ick mi nich!

Allens ünner Kuntrolle

Dat weer so recht 'n Dag nah mien Mütz. Per Tofall harr ick 'n Vörmeddag Tiet un wull wat beschicken, wo ick anners nich to kamen weer. Twee Termine stunnen op mien Programm, un wenn ick sowat weet, denn stah ick sogor bitieden op.

Weer 'n richtig feinen Winterdag, mit Snee un ok beten Ies – man dat kreeg ick eerst wat later mit. Nah dat kommodige Fröhstücken sünd Ida un ick ut 'n Huus, se harr sick ok wat vörnahmen. Datt de Snee beten hoog vör de Döör leeg, hett mi gor nich so stört, un ick heff fidel achter Ida ranwenkt un eerstmol Snee schüppt. Sowat is jo gesund, ok wenn mi dat'n beten ut de Puust bröch. Nah 'n Veddelstünn weer ick fardig – eenmol mit den Snee un anners ok. Man ick bün fidel to mien Garaasch hen, an so'n feinen Dag makt mi so licht nicks wat ut.

De Garaaschendöör güng nich op. Dat Slott weer infraren. Ick heff denn 'n beten in dat Slötellock püstert, mit deep Lufthalen. Bit nu harr ick gor nich wußt, datt deep Lufthalen di so vun de Fööt bringen kann. Wiel datt wi vör de Garaasch keen Stohl hebbt, bün ick 'n beten hen- un herlopen, üm mi to verhalen. Hett ok klappt, blots de Döör weer noch so to as vörher. Denn heff ick mien Füürtüüch ruthaalt un den Slötel heet makt un ok mien een Handschen, de nu 'n Brandlock hett. Ick kunn düütlich marken, datt de heete Slötel holpen hett, ick kunn em meist dreihn in dat Slott, man sluten wull ok de heete Slötel nich. För so'ne akuten Nootfälle bün ick jo allerbest utstaffeert, mit 'n spezjelles Spray, dor geiht dat nullkommanicks mit. Dat Dösige weer blots, datt de Doos in de Garaasch stunn. In so'n Ogenblick heet dat, 'n köhlen Kopp to beholln, un den harr ick nu ok bi lütten, un nich blots 'n köhlen Kopp.

Bi dat kole Gruveln full mi in, datt in 't Huus ok noch so'n Spray weer, enerwegens in de Warktüüchkamer. Ick wedder trüch in't Huus. Ick bruuk ok blots 'n halv Stünn to söken, un dat weer goot so, denn nu wurr mi de Tiet doch 'n beten knapp.

Tähmlich fix bün ick wedder hen to de Garaasch, dreemol püstern un denn ... opsluten ... Momang – de Slötel! De Slötel weer nich dor, de hüng an dat Slötelbund vun de Huusslötel, un dat harr ick op mien'n Schrievdisch liggen laten, dat kunn ick sehn, as ick wedder vör't Huus stunn. Tohuus weer nüms, nich mol ick. Wiel datt 'n mit'n Antifrostspray keen Döör opsluten kann, müss ick op 'n anner Wies in't Huus rin. Man de Finsters weern all dicht, also Sense.

Wat nu? Gottlov wüss ick, wo mien Fruu weer, un 'n halv Stünn later hett se mi ehrn Huusdöörslötel vun ehr Slötelbund fingereert.

Wedder 'n halv Stünn later keem ick ennelk rin in't Huus, greep mi dat Slötelbund, hen to de Garaasch, wedder mit dat Spray un ennelk kreeg ick de Döör op. Meist halbig ölben weer dat, för mien eersten Termin harr ick jüst noch fiev Minuten. Un fiev Minuten duur dat ok, bit ick mitkreeg, datt ick mien Fruu ehre Wogenslötel insteckt harr –

enerwegens mutt ick de bi Ida in de Raasch vertuuscht hebben.
Ick heff mol hört, wenn een wütig is, denn schall he dat nich ünnerdrücken, man ick kunn jo nich mol de Wagendöör toballern, wiel datt ick se ohne Slötel gor nich eerst opkreeg. Dor heff ick luud bölkt. Dornah wedder in't Huus, mien Fruu anropen. As se mark, datt ick ehrn Wagenslötel harr, hebbt wi beide bölkt, se dor un ick tohuus.
Naja, ick bün denn nochmal hen to ehr un se hett mi mitsamts Slötel nah Huus fohrt. Veel snackt hebbt wi ünnerwegens nich, dat keem eerst, as se vör de Garaasch see, wi mööt dat Döörslott mol repareern laten, dat funkschoneer güstern nich, un se harr dütthalven de Garaaschendöör blots anlehnt un nich toslaten. Teihn Sekunnen heff ick mi vörstellt, datt ick den ganzen Morgen an de open Döör rümlaweert harr, denn bün ick wedder to Bett gahn – düsse Dag weer eenfach to schön för mi.

Üm een Hoor …

Dat gifft jo Lüüd, de seggt, se köönt twee Stünnen Witze vertelln, ohn datt se ut de Puust kaamt un sünd denn also echte Marathonlopers op dat Rebeet vun den Frohsinn. Wat de, de jem dorbi tohört, ok ut de Puust kaamt oder sutje induselt, is 'n anner Fraag. Mit Witze is dat as mit Peper: toveel dorvun verdarvt dat Eten.

Man ok wenn du mit Witze heel sporsam ümgeihst, kannst du mennigmol Trabbl hebben, so as ick annerlest bi 't Inköpen in 'n grotes Kööphuus. Un dat keem so: Ick wull mi 'n Poor Strümp köpen un as ick de funnen harr, stell ick mi an de Kass an. Vör mi steiht 'n Fruu, de ok 'n Poor Herrensocken utsöcht harr. Se keek deepdenkern op dat Etikett un fröög de Daam an de Kass, wat dat woll angahn kunn, datt düsse kotten Strümp ok wiss Grött Veertig weern – wenn dat ok op dat Etikett stunn: Größe 36–40! Ja, see de Lähdie, steht da doch auf! Trotzdem, meen de Fruu, die sehn wahnsinnig kurz aus – daß die sich so dehnen sollen … ick weiß nich …

Süh, un nu keem ick op den dösigen Infall, 'n Witz to maken. Dat makt nicks, see ick, düsse Strümp gaht vörn so fix kaputt, datt de Grött keen Rull speelt, haha …

Ick mutt jo togeven – de Witz weer nu nich so explosiv, man de Wirkung weer kolossal! De Kassenlähdie keek mi an as domols de Paster bi mien Kumfermatschoon, wo ick mi bi dat Obendmohl de falsche Tung – wat so 'n teihn

Zentimeter langen Scherzartikel weer – vör 't Muul hangen harr.

Sssieh! föhr se mi an, was fällt Ihnen denn ein, hier zu behaupten, daß unsere Strümpfe nix taugen? Diese Marke trägt sogar Udo Jürgens! De Olsch keek mi so giftig an, datt ick heel dörchnanner keem. Tschulligung, stahmer ick, ick wull hier gor nicks gegen Udo Jürgens ...

Junger Mann, tipp mi 'n anner Fruu, de achter mi stunn, op de Schuller, wenn Sie mit fünfzig noch so blendend aussehen wollen wie Udo, denn ham Sie aber noch viel zu tun!

Nu is dat jo so, datt ick al öber föfftig bün, man de Situatschoon weer al so bedrohlich, datt mi keen niegen Witz mehr infallen wull, un ick bün denn lever gau in 'n tweeten Stock, to de Huusholtwaren, ohne Strümp. Köpen wull ick dor nicks mehr, blots wied weg vun de Strümp- un Udofetischisten.

In een vun de veelen Regen stunnen Pött un Pannen op de Regale. Ick bleev 'n Ogenblick stahn, üm mi een vun de Pannen antosehn, so'n Pann harr Ida al jümmers söcht. Wiel datt ick ohn Brill nich so nipp kieken kann, dee ick mi bücken. In düssen Ogenblick wöhl sick achter mi 'n Fruu vörbi un verhaak sick in mien 'n Regenschirm. In de Physik heet sowat »Hebelkraft«, un mit düsse »Hebelkraft« raak ick dree, veer Pött vun dat Regal.

Ick weet nich, wat mi 'n gröttern Schreck injoog – dat luude Scheppern vun de Pött oder datt dat wedder de Fruu mit de Strümp weer. Op jeden Fall keemen furts twee Verköperschen ansuust un tähmlich veel annere Lüüd.

Das's ja 'n Ding, see de Fruu to de Verköperschen, das 's

der gleiche Typ wie vorhin unten – da wollt' er Löcher inne Strümpfe schneiden und hat sich über Udo Jürgens aufgeregt!

Ick heff wieldess de Pött wedder in 't Regal stellt, un de een Verköpersch hett jem penibel inspizeert. Un wiel datt se keen Schramm oder Buul harrn, hett mi de Daam blots streng ankeken un wat vun »Sabotage« sustert, un ick heff denn lever de Pann köfft.

Tohuus hett Ida sick wunnert över de verkehrte Pann, denn düsse Grött harr se al, un ick schull ehr man wedder tuuschen.

Du – segg mol: kannst Du nich 'n Pann bruken? Ick laat se Di ok wat billiger! Denn dor gah ick op keenen Fall wedder hen – un dat is nu würklich keen Witz!

Mister Eggturner

Ick meen, de Schuld harr jo Wolfgang. Segg sülvst: Wenn he mit 'n Wohnmobil op Tour is, denn mutt he doch ok dat Nödigste mit inpackt hebben, nich? Op uns Irlandfohrt düssen Sommer hebbt wi nämlich mennigmol bi em spachtelt, un eenmol, as Ida 'n poor Eier in de Pann braten wull, dor harr he doch wiss un wohrhaftig keen Bratenhever! Se müss de Eier denn mit 'n Mess ümdreihn, un dat is jo nich nödig, so'n Tühnkram. Neegstmol wull ick bi't Inköpen so'n Ding mitbringen.
Dat weer heel boben in Irland, so'n lütten Ort mit veer Pubs, dree Karken, twee Stratenlanteern un een Supermarkt.
Annerndags wi denn alle Mann rin in den Laden. Ida, Anna und Wolfgang hebbt köfft, wat wi bruken deen, un ick heff nah 'n Bratenhever söcht. De harrn meist allens in de Regale – Babybuddels, Mess un Koffeetängs, man keen Bratenhever.
As ick jüst bi dat twintigste Regol an't Wöhlen weer, keem 'n Verköpersch un see: Can I help you? Dat funn ick goot, datt se mi hölpen wull un ick anter: Yes, I'm looking for a … for a … Düvel, wat heet denn Bratenhever op ingelsch?
Ick reep Wolfgang. Wat heet Bratenhever? fröög ick em.
Op ingelsch? fröög he trüch.
Klor, meen ick, glöövst du, de verstaht Latiinsch?
Bi sowat is he empfindsom, denn egentlich kann he good

Ingelsch. Wat weet ick denn, gnurr he, bün ick 'n Smutje? Denn is he gau nah de Kass lopen.
De Verköpersch plier mi an. Ida un Anna mi ok. In so'ne Situatschoon kann di jo dien ganze Reputatschoon in de Grütt gahn! You know ... füng ick an, if you want to fry eggs ... eggs, nich ...?
Ah, meen de Deern, eggs – over there, please – de Eier sünd dor dröben ...
Nee... no, no, lach ick, no eggs... Eier meen ick nich...
Alright, see se, un pack de Eier ut uns Inkööpswogen wedder rut. No, see ick nu wat luuder, we need the eggs – de Eier brukt wi noch!
Se keek mi unseker an un dee nah 'n annern Macker winken. He keem to me. Sir? fröög he, can I help you?
Wolfgang weer al buten un keek dörch de Schiev to, Ida un Anna harrn sick ok wat trüchtrocken, man se keken heel neeschierig un böösartig.
If you fry eggs and you want to turn the eggs ... also wenn du de Eier in de Pann ümdreihn wüllt ...
Ah, meen he, you're looking for an eggturner!
Yes, jo klor – 'n eggturner! 'n eggturner, please!
De Verköper füng as mall an to söken. Sien Kolleeg keem vörbi, un dat Söken nah den Eggturner kreeg 'n niege Dimension. In de Regale weer keen Eierwender, man in 't Lager müssen se noch welk hebben – just a moment, please! De Dree lepen nah achtern, in 't Lager.
Na, goot – töövt wi 'n beten.
Nah 'n halve Stünn keem de Männätscher. Can I help you? fröög he fründlich.
Ick wull em verkloren, datt ick op'n Eggturner luuern dee,

man he wüss al Bescheed, dat harr sick woll al rümspraken. Ick harr 'n wat längere Konversatschoon mit em, denn he kunn nich begriepen, datt Eggturner in Düütschland nich knapp sünd, wo ick dor doch so achteran weer.
Ida hett in fiev Minuten dreemol »Schiet an Eggturner!« seggt, un dat güng nu al op Meddag to.
In den Laden weern woll so an de twintig Lüüd Personal; een dorvun seet an de Kass, de tweete keek mi an, un de Rest dee in 't Lager nah mien 'n Eggturner söken.
Ida, Anna un Wolfgang stunnen al lang buten un hebbt mi dörch de Ladenschiev bedrohliche Teken makt. Middewiel keemen ok 'n barg Kunnen in den Laden, de gor nicks köpen wullen, de blots häppieh in lütte Kringen dat Eggturner-Thema diskuteern deen. Nah dree Stünnen wüss ick, datt de Paster vör 'n tweeten Weltkrieg ok mol so'n Eggturner harr, man nu kunn he broden Eier nich mehr so goot af vunwegen sienen Magen, un de Dörpspolizist harr sogor 'n Swoger in Dublin, de to sien Hochtiet 'n Eggturner kregen harr. Af un to repen Lüüd ut dat Lager, datt se wedder wat Nieges funnen harrn, wenn ok keen Eggturner, un de Piehpl hebbt fidel klatscht, un een wull sogor driest Wetten annehmen.
Kregen heff ick den Blechlepel denn doch nich, man wenn du mol in dat lütte Dörp kümmst, denn frog mol nah Mister Eggturner.
Warrst di wunnern, wat ick dor för 'n barg Frünnen heff.

So recht kommodig

Dat weer domols, an een vun düsse düstern, langen Novemberobende, mien ollen Fründ Harms Harmsen un ick – egentlich heet he jo Hannes un is ok gor nich so'n ollen Fründ vun mi, man Harms Harmsen hört sick so wunnerbor plattdüütsch an – wi seten also so recht kommodig tosamen in uns lütte Stuuv, de twars öber föfftig Quadratmeter hett, man to so'n kommodigen Novemberobend passt nu mol beter 'n lütte Stuuv, wi harrn uns dat also so recht kommodig makt, as ick al seggt heff, vör uns dampen twee Glöös mit Rumgrog, so'n recht beten nördlich, so'n recht beten stief, wo du mi anners mit jogen kannst, nah Rumgrog ward mi jümmers speiövel, man wat schallst maken, 'n Glas Whisky is nu mol afsluut nich nedderdüütsch – mol wieder: Un dat weer so recht kommodig – oder heff ick dat al seggt? Na, egol – buten kunnen wi vun wiedher dat Brusen vun de See hören – wat mi nu abers doch beten gediegen vörkümmt, denn de See is meist tweehunnert Kilometer wied weg, mi dücht, dat weer de Lokus vun boben, dor is de Waterspölung beten kaputt – de Wind huul üm uns Hüseken – also dat finn ick goot: Hüseken! Dor sühst de scheeve Kaat so richtig vör di, wo se sick vör den Storm duukt, un hett nu würklich nicks mehr mit mien Reihenhuus to doon, man as ick al seggt heff ... oder heff ick di dat noch gor nich vertellt? Nich?? Oh ... is nämlich so, datt ick ennelk mol 'n richtige, rejelle plattdüütsche

Geschicht schrieven will un nich jümmers so'n albernen Tühnkraam … de Wind huul üm uns Hüseken, Regen platter in dicke Druppen tegen dat Finster – wat Ida böös in Raasch broch, denn se harr eerst güstern de Schieven putzt, man dat hört nich hierher, ok Ida nich, oder tominnst schull se Trine heten un sitt mit ehr Knüttüüg vör den ollen Kachelaven mit de ollen Delfter Kacheln, Stück eenhunnertachtuntwintig Mark, in den dat Füür lustig knacken dee, wat wedder vernünftig is, denn wenn dat Füür vör den Aven knacken dee, denn wurr de Stimmung seker to hektisch … buten also de Regen an de Schieven, un de olle Eekboom dee stöhnen un süüfzen – dammi, dat is goot! – ok wenn he blots 'n spiddeligen Fleederstrünken is, man dat brukst jo nich wiederseggen, nich, also mit een Woort – un ick froog mi würklich, worum ick dor so veele Wöör för bruukt heff, dat mutt an de plattdüütsche Seele liggen, de nu in mi brodelt – mit een Wort: Dat weer so'n richtigen kommodigen Novemberobend, as ick un mien ollen Fründ Harms Harmsen in uns lütte Stuuv kommodig tohoopseten, Trine an de Siet vör den bullerigen Kachelaven un de dampende Rumgrog vör uns op 'n Disch, dor neem Harms Harmsen nah 'n lange Paus vun fiev Stünnen de kotte Piep ut 't Muul, spei kommodig vör sick op den ollen Perser un vertell mi een vun de opregendsten un egenartigsten Geschichten, de ick in mien Leven hört harr. Sinnig klopp he sien Piep ut, op dat goode Dischdook, dat noch Trine ehr Oorgrootmudder an veele kommodige Winterobende knütt harr, seet sick kommodig trüch, grummel mit sien deepe Stimm vun Harten

»Tjää …«, dee so recht tofreen de Ogen tomaken un döös suutje in.
So as ick, wenn ick mol wedder so ’n echte, rechte, kommodige plattdüütsche Geschicht hört heff.

So nich!

Nee, Lüüd – so geiht dat jo nu nich! Wat to veel is, is to veel, un wi wüllt nu mol de Kark in 't Dörp laten! »Persönliche Freiheit« is jo good un schöön, man dat kann ok to wiet gahn! Nich datt du nu glöövst, ick bün so 'n Law-and-order-Typ, för den gor nich noog regelmenteert warrn kann, dat nu wiss nich, man nu segg mol sülvst: Bi uns op 'n Campingplatz, nich, dor baben an de Nordsee, also sünd op unsen Platz jo blots Lüüd, de Johr för Johr wedderkaamt, all propper un rejell, un hett noch nie nich Arger geven. Obends, Klock teihn ward de Platz dichtmakt un morgens, kott nah söben geiht de Schranke wedder hoog. Goot. In de Twüschentiet ward slapen un mit Juchhei un Rabbatz is nicks. Högstens wenn dat Football in Televischn gifft – naja, aber dat is jo minschlich, un wi weet ok al Bescheed, wenn Kalli un Guschi merrn in de Nacht »Deutschland« bölkt ... mehrsdeels hört wi dat ok gor nich mehr, denn nah föffteihn, twintig Buddel Beer sünd de mehrsten op uns Platz fein still. Rockers un Punks gifft dat bi uns nich, högstens mol een, twee op den Platz för de Tagesgäste, un dor löppt jo uns Platzwart rüm mit sien Schäferhund, un he is ok meist 'n Meternegentig groot – also keen Trabbl.
Man nu – stell di vör: Hett dor doch een vun uns Campingnavers sien 'n Wohnwagen för twee Weken afgeven an frömde Lüüd! Nu kümmst du! Kennt wi nich, hebbt sick nich vörstellt un nicks!

Nu sünd wi jo tolerant un hebbt ok nicks seggt, blots mol den Platzwart frogt, wo lang de blievt, de mit de twee Kinner un den Kanarienvagel, un he hett de Fraag ok furts richtig verstahn un seggt, he wull dor mol 'n Oog op hebben! Aber allens fründlich!
Un denn so den eersten Meddag – also vun een bit dree is jo Meddagsroh, nich, dat steiht ok in de Platzordnung, un as ick denn halvig twee ophör mit dat Rasenmeihn – dat Gras weer meist al wedder teihn Zentimeter lang, dat wasst jo as dull, un ick meen, wo süht dat ut, dor sünd wi uns all eenig, jedeneen hett sien Rasenmeiher vör 't Vörtelt stahn, 'n poor sogor mit Elektrisch un Guschi sogor mit Sprit, to 'n Ropsetten un Rümfohren, wat ick bi de twintig Quadratmeter Wisch för 'n beten överdreven holl – na, is jo sien Saak, jeden nah sien egen Gusto, segg ick jümmers, hehe, na, also – wat wull ick noch seggen ... jo, du, also ick sett mi jüst op uns Campingliege, üm datt mien Fruu nich eerst – op jeden Fall: In düsse Meddagsroh, de wi uns jo nu würklich verdeent hebbt, miteens de Kanarienvagel vun nebenan: Piep! Piep! – egolweg! All teihn Sekunnen! In de Meddagsroh! Jo, dor kiekst, wat? Un as ick dat Radio liesen maak – meddags hör ick jo so geern düsse Sendung, wo all de feinen Schlagers in sünd, mit Heino un so – dor hör ick doch wiss un wohrhaftig, datt de Kinner buten sitt – buten, nich mol binnen in 'n Wohnwagen! – un »Minsch arger di nich« speelt!
Also ick kann di seggen: Ick aber hoog un rin to mien Fruu, de sick 'n beten op 't Ohr leggt harr, un as ick ehr opweckt harr, dor kunnen wi düütlich hören, achtern an 't Finster vun uns Wohnwagen, datt de Fruu sogor bi 't Tellerspölen weer! In de Meddagspaus!

Teihn Minuten güng dat so, denn kunnen wi dat nich mehr uthollen un sünd in uns Auto stegen un vun 'n Platz fohrt. In de Opregung harr ick sogor miene Zigaretten vergeten un müss noch mol retour öbern Platz, man dat hölpt jo nu allens nicks – wenn de so rücksichtslos sünd un sick nich üm de Meddagsroh schert …

Den Platzwart heff ick seggt, wi müssen leider wegfohren in de Meddagspaus, anners kann een jo keen Roh finnen, bi so 'ne Lüüd … mit Kanarienvagel …

Un mien Fruu hett den groten Schäferhund eit un seggt, he is de Beste un: Pass du man schön auf …

Hailaif in de Wann

Naja, in 'n Film, dat jo ... oder datt de groten Stars in Hollywood dat makt – kann ick verstahn. Man datt ok heel normale Lüüd sick an sowat delekteert, dat harr ick nich glöövt! Un ick heff denn ok eerstmol nahfragt, wat dat woll 'n Utstellungsstück weer, oder op Bestellung vun so 'n Ölmulti, aber nee: Weer gor nicks Besünners, meen de Verköper, un üm dat ok dütlich to maken, verklor he mi, datt sogor de – man dat blifft ünner uns, nich – datt sogor de Afteeker an de Eck, vör twee Johren, as he sien nieges Huus buun dee ... also hett he doch wiss un wohrhaftig de för twee Personen nahmen, tjäwoll!
Düvel, wunner ick mi, dat brede Ding! Hett he denn so 'n grote Badekamer?
Jo, meen de Verköper, mit alle Schikanen, sogor mit Wörleffekt! Un de un de Politiker harr wiss un wohrhaftig de Eckbadewann bestellt, nu kümmst du!
Ick weer baff. Un ick kunn marken, datt ick vun de Badekultur afsluut keen Ahnung harr. Ick meen, dat is jo ok keen Wunner, denn ick stah jümmers so laat op, datt ick blots noch fix ünner de Duusch jumpen kann un mit lang in de Wann liggen is nicks.
Ick heff dor denn noch allens penibel ankeken, un du glöövst jo nich, wat dat op dütt Rebeet allens gifft! Güllen Waterhahn is meist al wat ordinär, 'n runde Badewann gefull mi veel beter, un gifft ok welk mit Trepp binnen, un

annere, de ... na, op jeden Fall: Wi mööt jo op 'n Teppich blieven, un ick nehm mi vör, eerstmol lütt antofangen mit dat Hailaif in mien Badekamer. Bi de Null-acht-foffteihn-Wann kunn ick nicks bi maken, man ick heff mi so 'n elegant Tablett köfft, wat du links un rechts över den Wannenrand hangen kannst, för den Fall, datt du bi 't Waterspaddeln mit Schampanjer gurgeln wullt. Süh, dat weer doch al wat!

Heff aber nicks seggt dorvun tohuus, denn Ida kann in so 'n Fall tähmlich dösig frogen –.

Denn heff ick töövt, bit mol nüms vun mien Familie dor weer: an 'n Sünnobendobend, Ida weer in de Oper un de Jungs harrn sick ok för 'n ganzen Obend afmellt. Wunnerbor! Ick heff uns lütten Televischn in de Badekamer opstellt, heel in de annere Eck, vunwegen de Gefohr, also datt ick nu nich 'n Slag in de Wann un so, denn heff ick 'n Buddel Schampus opmakt, dat Tablett op de Wann stellt, babenop de Buddel, Glas, 'n Teller mit 'n Schiev Toast un 'n lüürlütten Pott mit Kaviar – 'n Schiev Zitroon nich to vergeten. Klor, datt ick den Happen Kaviar in 'n grote Schöttel mit Ies packt harr – wenn al Hailaif, denn ok richtig. Un 'n langen Breef, den ick kregen harr un den ick nu kommodig lesen wull. So, ick föhl mi meist so 'n beten as J. R., sowat vun Stil! Water inlopen laten, beten Snupperschuum dorto, uttrecken un den vörsichtig in de Wann stiegen ... aah! Hährlich!

Jüst as ick mi so riehläckst in de Wann utstrecken wull, bimmel buten dat Telefon.

Egentlich heff ick mi gor nich so dull verfehrt, bün blots beten mit de Knee an dat Tablett stött ... Du glöövst jo

nich, wat dat för 'n Schock is, wenn du in warm Water liggst un denn kolle Iesklüten op 'n Buuk kriggst! Un buten dat nervige Telefon!
Ick mutt mi denn woll 'n beten hektisch röhrt hebben, denn to 'n eersten Mol in mien Leven dee ick nu in Schampanjer baden, wenn ok stark verdünnt. Mit de swatten Kaviarkullermänner harr ick nich veel Glück, de swutschen mi jümmers twüschen de Finger dörch. Un dat Telefon bimmel. Den Breef kunn ick nich so gau wedderfinnen, bi all den Schuum in de Wann, in 't Televischn süng 'n starken Typ wat vun cool-blieven, un op miene natten Fööt bün ick noch den Rest vun de Trepp daalglitscht.
An 't Telefon weer Ida, se wull blots weten, wat de Backoven ok utstellt weer. Vun mien Hailaifbeleevnis heff ick ehr nicks vertellt, blots annerndags funn Ida in den Waschlappen noch 'n beten Kaviar un labert mi nu egolweg de Ohren vull, vunwegen de Orgien, de ick fier, wenn se weg is! Oder glaupzu, durche Wasserleitung schwimmen bei uns Lachse oder Stör oder so? seggt se denn un lacht kott un böösartig.
Ick finn, Hailaif in de Wann is nicks to 'n Lachen …

Kapazität

Also egentlich güng dat jo blots üm Ida ehr Knee, denn de harr nülich morgen bi't Opstahn so'n gediegen Slenker mit ehr Been makt un is denn tähmlich lang stief as 'n Denkmol sitten bleven un hett blots liesen »Oh ... oh ...« stahmert. Op medizinisch heet sowat Arger mit 'n Meniskus, un se hett dat denn ok röntgen laten, un de Doktor hett ehr seggt, dor mutt nu snippelt warrn, naja – op jeden Fall: Ick heff mien 'n Fründ Jens anropen, de 'n bannig goden Knokenklempner is, un he wull sick dat denn vörher noch mol ankieken, wi also obends halvig Negen hen to em; ick ok, denn he hett 'n goden Wien.

Datt he 'n Kapazität is op dat Rebeet vun de maladigen Knoken, wüss ick jo noch vun mien Knee her, wo he ut mi domols meist wedder 'n jungen Gott ... tominnst 'n Gott in't beste Öller makt hett, man de Show, de he dor nu aftrock, dat weer dat Gröttste, wat ick bit denn beleevt harr!

Du kannst di gor nich vörstelln, wat so'n Dokter op 'n Röntgenbild allens sehn kann! Ick heff dat al swor, mi op mien Passfoto weddertokennen, man Jens gifft to so'n Röntgenbild – wat jo noch nich mol in Farv is – dor gifft he Kummentare to – – denkst, du sühst in Televischn düsse Sendung mit de hunnert Meisterwerke, wo se jo ok Saken op de Biller seht, de ... also wenn mi dat nich een seggt, denn wurr ick dor nie nich op kamen, wenn ick ok liekers 'n heel sensibeln Minschen bün. Un wo sensibel ick bün, kannst ok dor an sehn, datt ick, as he mit Ida ehr Been dörch de Gegend jongleer, un denn dat luude Knacken ... oh ... dor kunn ick gor nich so fix tegenansupen –. Un de weet sogor vörher, wannehr dat knacken ward un hett uns dat richtig wiest un ok jümmers recht hatt. Ida funn dat ok wiss lustig un hett liesen bi grient, oder tominnst seeg dat so ut ... wenn ok ... so lang heff ick ehr noch nie nich op de sülvige Art grienen sehn ... naja – achso, jo, de Röntgenbiller: Du, dat Krüüzband – oder weer dat dat Hinterhorn ... also as 'n Appelsinenschaal liggt dat dor in dat Kneegelenk ... hett he jedenfalls seggt – oder so ähnlich, un ick kunn düütlich marken, datt he dat mit de Appelsinenschaal blots seggt harr, wiel datt he wüss, datt ick dat denn beter verstah. Ick heff ok alltiets nickköppt un seggt, dat is jo klor un düütlich to sehn, un mutt 'n sick jo wunnern, datt 'n sowat Kumplizeertes in't Knee hett – veer Biller hett he mi verklort, un dat weer meist so schön as fröher in de School in de Mathestünn. Ida hett he dat ok noch verklort; mag sien, se hett dat beter verstahn, denn dat weer jo ehr egen Knee.

Momang – woso vertell ick hier stünnenlang vun Idas Knee ... achso, nee, nu kumm ick dor wedder op: Wat mi noch mehr imponeert hett, dat weer jo, as wi opstunnen un nah Huus wullen, de Wienbuddel weer so un so leddig, dor see ick so lichthen, datt ick em enerwegens mol mien Rüggen wiesen wull – dor seggt doch düsse Düvelskirl, datt he dat al lang markt harr, denn ick harr den ganzen Obend Positschoonsverännerungen vörnahmen, un ick schull mi mol fix eben op 'n Bodden ... In düssen Ogenblick harr ick wedder Ida ehr egenortiges lieses Grienen vör Ogen un heff denn gau Tschüss seggt, man he hett mi doch noch so ut de Lameng verklort, wat an mi allens scheef un krumm is, un dat sogor chronisch un degenerativ ... Du, johrlang loop ick mit 'n maladig Krüüz rüm, un nu is dat miteens ünner Kontrolle ... naja, behanneln laten bruk ick dat jo noch nich, denn dat is jo chronisch, also heff ick noch länger wat vun –. Dat heff ick Jens aber nich seggt – denn harr he seker in twee Sekunnen rutfunnen, datt ick nich blots in 't Krüüz 'n Knick heff ... de süht eben allens ...

Tschecks

Meist al siet dörtig Johren gah ick all Veddeljohr to 'n Tschecken. Also nu nich to 'n Dokter, nich, mit mien 'n Boddieh is jo allens klor; nee, dat is mehr so 'n püschologischen Tscheck, versteihst du? Is nämlich so: Miene ollen Schoolfrünnen un ick, wi draapt uns so dree-, veermol in 't Johr – siet twintig Johren sünd ok de Lähdies dorbi, wo Jürgen jo de Schuld an hett, denn he is dor mit anfungen! Toerst weern wi Mannslüüd ünner uns, un hett denn nüms dortwüschenlabert, wenn wi – also egentlich mehr Rolf – nah Beer un Köm uns noch mol beten de Fööt verpedden wulln un nah St. Pauli hen ... man denn meen Jürgen, wi kunnen jo ok driest mol mit Damen ... jo, so füng dat an, man ick will dor nu nicks tegen seggen, is jümmers 'n fidelen Kring, un mit föfftig nachts noch so veel lopen, hett jo so un so keen'n Sinn – na, egol: Düsse Klöhnobende nu sünd dat, wat ick de Tschecks nöhmen do. Bi de Fruunslüüd geiht dat jo nich so deep, de markt sick höögstens, wat de annern för 'n Kleed anharrn – un dat al to 'n tweeten Mol, oder datt Susi ehr Make-up ... un öberhaupt, düsse niege Frisur ... allens wat recht is ... Mannslüüd sünd dor anners.

As wi so üm de dörtig, veertig weern, hebbt wi uns mehr för de Karriere interesseert, un Rolf hett mi ok furts sien Visitenkoort schickt, as he Prokurist weer. Wolfgang weer al 'n respekteerlichen Schoolmeister, sien Broder ok, un

Jürgen lehr in sien 'n Dschob quer dörch de Welt een Haissosaietieh nah de annere kennen. Herbert weer 'n wichtigen Macker in de Versekerungsbrangsch, un ick – ick heff fein tohört un 'n barg lehrt. Un ick harr jümmers dat Geföhl, ick mutt mi noch mehr afmarachen, üm datt ick ok mol ennelk beten wat ut mi maken kunn –.

Siet datt wi nu öber föfftig sünd, hebbt sick de Tschecks op 'n anner Rebeet verlagert. Ick glööv, dor sünd de Hoor an schuld – oder dat, wat bi uns dorvun nahbleven is. Magst jo meist nich seggen, man datt de annern all griese Hoor harrn, as ick noch ... oder höögstens de poor witten Hoor in mien 'n Boort – funn ick heel goot! Un wenn de een oder annere öber siene Maladitäten snack – ick föhl mi jümmers fein towege.

Man nülich, bi uns lesten Tscheck, dor heff ick bannig een mitkregen, un nich blots ick – Wolfgang un Herbert ok! Leeg wedder an Jürgen ... man wat kannst du ok vun een erwarten, de sien Leevtiet elkeen Morgen to 'n Swemmen geiht? Segg ick doch! Vör so een muttst di wohrschuun! Pass op: Wi seten also alle Mann – un ok, as ick al seggt heff: Fruunslüüd hoog in so 'n Bratkantüffelladen in Eppendorf, un ick heff denn op mien elegante Stuyvesant-Art 'n Runn Köm spendeert, un se hebbt mi ok all frogt, wat dat för 'n besünnern Grund hett, un ick denn, datt dat eben so mien Art is, un se hebbt verwunnert nickköppt un sluukt; blots Susi nich, de is mehr so 'n ätherischen Typ, un ehr Jürgen hett denn tweemol gurgelt. Goot. Man nu kümmt de Hammer: Obends loopt jo dörch düsse Lokale jümmers welk, de Blomen verköpt. Dor hebbt wi nie nicks bi funnen, denn wi sünd jo all verheirot – wat schüllt dor de Blomen, nich? Un nu stell di vör: Dor hett Jürgen doch, düsse afartige Swemmer – dor hett de doch wiss un wohrhaftig fiev Rosen köfft un denn kregen de Lähdies vun em mit Diener un so 'n Roos ... Herbert un ick hebbt uns blots stumm ankeken, un sogor Wolfgang wurr wedder munter, obschoonst he so tegen ölben al jümmers 'n beten drömelig ward! Un de Fruunslüüd all innegang op düsse ekelhaftige Art mit »Ah!« un »Oh!« un »Soll das für mich sein?« – nich uttoholln! Un hebbt denn so gor nich mitkregen, datt Jürgen mi so in 't Vörbigahn in 't Ohr suster: Wat sünd nu all diene Kööm tegen 'n poor galante Rosen, wat? Un denn hett he sick dor ok noch för afknutschen laten – widerlich!

Ick glööv, ick kann düsse Tschecks nich mehr goot af, ick heff de Nees vull vun 't Dortolehren!

Een för den annern

Annerlest heff ick enerwegens so'ne Rubrik leest »Fragen Sie Dr. Gesine Tusch« oder so, un dor hett 'n Macker schreven, datt he gräsig in Dutt un kaputt is, wiel datt he 'n ganzen Dag in sien'n Dschob arbeiten mutt, un denn, wenn he obends nah Huus kümmt, denn mutt he Eten koken, Köök opklaren, waschen un allens propper un schick holln, un achteran, wenn he afsluut down is, denn mutt he sien Fruu Pläseer maken, un dat al negenteihn Johr lang, Dag för Dag. Jo, un allens blots, wiel datt he ehr domols bi de Hochtiet toseggt harr, he wull ehr alltiets op Hannen dregen.
Toeerst heff ick glöövt, de will mi veräppeln, man de Doktersche hett dat echt för eernst nahmen, un dor heff ick dat denn ok. Se wüss twars nich so recht, wat se em roden schull, man ick meen, de Saak is heel eenfach: He kunn doch man eenfach mit sien Tussi in 'n Hotel trecken; dor brukt he nich to koken un sauber maken ok nich. Un obends sünd dat blots 'n poor Schreed de Treppen daal in den Festsaal to 'n Danzen. Süh, so licht wurr he ut de Bredullje kamen. Oder he kunn ok Butler, Köksch un Deenstdeern angascheern un obends för sien Fruu 'n Gigolo. Weer ok fein praktikobel. Ach, du meenst, för sowat hett he womöglich keen Geld? Tja, dat is doch nich sien Problem, dor kunn doch sien Fruu över spekuleern, de hett doch dagsöver Tiet noog. Oder aber he keem eerst gor nich mehr nah Huus – dat weer wiss dat beste, för em.

Nee, du – dor bün ick froh, datt dat bi uns tohuus anners löppt. Ida un ick, wi makt allens gemeen. Dor kümmt dat nich in de Tüüt, datt de een den annern allens ophalst un denn süh mol to, wo du dor mit klorkümmst! Nee, so nich. Kiek mol, ehr datt ick morgens ut 'n Huus gah, drinkt wi eerst gemeen un kommodig Koffee, denn nicks finn ick gräsiger, as wenn morgens allens so hulterdipulter geiht. Vör 't Fröhstück stah ick ehr in de Kööк nich in 'n Weg, un bi 't Fröhstück nahm ick mi Tiet un sett mi sutje hen an 'n Disch, denn nicks bedüüdt gröttern Frust för 'n Fruu, as wenn se dat Geföhl hett, op ehre Arbeit ward minnachtig dalkeken – tjä, blots mol 'n beten nahdenken! Denn so, bi't Fröhstück besnackt wi, wat se vörmeddags allens beschicken mutt ... nee, dröff ...oder beter: will! Un dor seggt jedeneen klipp un klor, wat he meent, un Ida hört ok jümmers fein to. Un denn gaht wi beide op Arbeit – dat heet, Ida blifft tohuus, un dat schall se ok geern, tohuus is jo ok noog to doon bit Meddag, wenn ick trüchkumm. Dat Meddageten löppt denn echt harmonisch af, un de Harmonie blifft ok nah dat Eten, dor pass ick höllsch för op – nahmeddags mutt Roh sien in't Huus! De Kökendöör heff ick extra pulstern laten, so as bi 'n Doktor, üm datt ehr mien Snurken nich nervös makt, wenn se de Kööк opklart. Wo ick also mit op henwiesen will, wo wichtig dat is, wenn de een för den annern mitdenkt un nich jedeneen makt, wat se will.
Nah so'n sworen Arbeitsdag is dat jo klor, datt wi ok mol utspannen mööt, dat Leven is jo nich blots Arbeit. Nah dat Obendbroot – wat wi wedder to tweet innegang brocht hebbt ... also se hett dat kookt, un ick heff dat eten – glieks

dornah makt Ida sick dat op't Sofa kommodig – kiek, dat's ok wedder so 'n Saak: Wo mennigmol heff ick hört, datt Fruunslüüd bi 't Hemdenbögeln stahn mööt! Stünnenlang! Is doch 'n Schann, sowat! Mit miene egen Hannen un miene twee Söhns heff ick uns oll Sofa de Treppen rünner in de Waschköök puckelt, blots üm datt Ida sick bi 't Plätten hensetten kann, nu kümmst du! Finn ick eenfach keen Roh bi Dallas op dat niege Kanapee, wenn ick egolweg dor an denken mutt, datt se sick wieldess in 't Stahn afmarachen mutt – nee! Un Dallas nehm ich allens op Cassette, üm datt Ida sick dat ok ansehn kann ... in 'n Sommer ... wenn ick op Mallorca ... man dat sünd ok de eenzigen veer Weken in 't Johr, wo se alleen tokieken mutt, wo se klorkümmt! Na, villicht fall mi dor ok noch wat in ... denn de een mutt för den annern dor sien, un nich so as bi den armen Macker ut de Leserpost ...

Laudatio

»Sind Sie zufrieden, sagen Sie es andern; sind Sie es nicht, sagen Sie es mir!« – op düssen Snack kann ick mi noch goot besinnen, de hüng bi mien ollen Putzbüdel Theo an de Wand, öber Theo heff ick jo al mol 'n Geschicht vertellt. Mehrsdeels is dat jo aber so, datt du öber dat, wat di gefullen hett, nich mit anner Lüüd snackst, blots wenn du mit wat nich tofreen weerst, denn vertellst dat allerwegens.
Ick will dat nu mol annersrüm maken, wenn ok al meist veertig Johr to laat; man beter laat as gor nich, finn ick. Sünnerlich wo dat jo nich Usus is, datt du öber den wat Godes seggst, de di johrlang pisackt hett. Is nämlich mien ollen Lehrer, un em ward dat seker freien. He ward nickköppen un seggen: Spät kommt die Einsicht, doch sie kommt.
Düsse ehrbore Schoolmeister nu – Fahrholz heet he woll – de hett mi in de swore Tiet nah 'n Krieg in dat reputeerliche Gymnasium Kaiser-Friedrich-Ufer bibrocht, datt 'n allens, wat 'n makt, so penibel un akraat doon mutt, as weer dat dat Wichtigste vun de Welt – egol wat.
To 'n Bispill müssen wi elkeen Oostern un Wiehnachten so starke Biller molen, för uns Öllern. Un nich eenfach molen – de müssen wi eerstmol konzipeern. 'n DIN A 4-Blatt wurr foolt – mit picobello sauberwuschen Poten, versteiht sick – un op de eerste Siet keem denn de Oosterhaas oder de Wiehnachtsmann hen. Tovörderst aber weer de Roh-

men an de Reeg: Dree Millimeter vun'n linken un dree Millimeter vun 'n rechten Rand; boben un ünnen fiev Millimeter. De tweete Rohmen acht Millimeter un teihn – eerst mol fein mit Bliesticken. Denn mit Scriptol uttrocken – verdammigt kumplizeerte Arbeit, segg ick di. 'n Klecks weer de reine Weltünnergang, un een Millimeter mehr oder minner weer 'n Fraag vun Leven un Doot. Wenn een bi de Oosterhasen un Wiehnachtsmänner 'n Drall to Monsters oder Mutatschonen harr, denn weer dat nich so leeg – Hauptsaak penibel sauber! Süh, un düssen Hang to de Akkuratesse, den heff ick mien Leven lang beholln, ok wenn dat, wat ick mak, mennigmol bösen Tühnkram is – man jümmers exakt!

Denn geev dat jo to de Tiet de »Schulspeisung«: Arftensupp, Bohnensupp, Kekssupp, Schokolodensupp un so wieder. Blots Suppenkellen geev dat nich. Uns drohtigen Energiebolzen harr de Suppenorganisatschoon ünner sick un wüss ok dor goden Raat: He snippel Konservendosen op Halflitergrött trecht, kneep den scharpen Rand fein üm, üm datt ok nüms sick dor an snieden kunn, un nogel an de Dosen lange Holtsticken as Greep. Un wiel datt dat jo nich so licht is, de Supp ut so 'ne Doos mit groden Greep an in de Schöttel to jongleern, dütthalven hett he dat eerstmol öövt mit de Schölers, mit Water, bit keen Druppen mehr blangenbi leep. Sien Organisatschoon weer perfekt bit op den »Nachschlag«, un wenn wi uns ok över em as »Suppenkasper« lustig makt hebbt – un nich blots wi, nee, sogor siene Kollegen – hüüt weet ick, datt he sick veel Möh geven hett, un dat nich vör sick, dat möök he för uns. Un ick heff lehrt, datt 'n ut bescheeden Middel doch dat Aller-

best maken kann – wenn een dat penibel un eernsthaftig anfangt.
Un datt Drütte weern de Schöh. De Kinner, de tweie Schöh harrn, kregen vun em 'n »Bezugsschein«, dor kunnen se sick denn niege Schöh op köpen. Man dormit weer de Saak för em jo nu nich fardig un trecht! Vunwegen! Elkeen Maandag müssen de Schölers em wiesen, datt se de Pedders ok penibel plegen deen, un wehe, wenn nich! Dor weer he de reine Düvel! Un de Oberstudienrat wies jem egenhannig, wo Iesen vörn un achtern opnagelt wurr – so een weer dat. Ick glööv, he kunn allens, weer sick för nicks to schaad. Un för mi weer he dat Best, wat mi passeern kunn.
Weeßt wat – ick glööv, ick heff 'n Laudatio holln ... penibel un akraat ...

Smuggeln

Segg mol … äh … ick weet gor nich, wat dat al verjährt is … also kummst an ’n besten mol beten dichter ran, so datt ick dat beten liesen wüspern kann … also segg mol – magst du ok so geern smuggeln? Wat? Naja … verstah mi nich verkehrt – nich vunwegen mit Haschisch … oder Brillanten un so, also nich so richtig kriminell – nee, blots so ’n beten, wenn du vun ’n Urlaub trüchkümmst, meen ick! Wat mi angeiht – ick stah dor jo echt op!
To ’n Bispill domols, as wi dat tweete Mol nah England röber weern – glöövst jo nich, wo düür dor düütschen Wien is! Un denn kriggst dor ok blots düsse zuckerigen Pantschdelikte, wo högstens Flegen fidel vun ward. Op jeden Fall – wi wullen uns Gastgevers nu söss Buddel Wien mitnehmen, vun ’t Beste, versteiht sick. Wohen nu also mit den Buddelkarton? In ’n Kufferruum? Nee, dor kiekt se bi ’n Toll wiss rin … beter eenfach achtern bi Anna ünner de Fööt, blots ’n Wulldeek öberweg. So hebbt wi dat makt. As wi vun dat Fährschipp rünner föhren, weern vör uns twee Utgäng ut ’n Toll – een in Rood »Goods to declare« un een in Grön »Nothing to declare«. As Anna mitkreeg, datt ick stantepeh op dat Gröne losföhr, meen se, dat kunnen wi nich vun ehr verlangen, datt se ünner ehre Fööt all den Wien … wenn se dor womöglich för in ’n Knast müss – wo se doch gor keen Ingelsch kunn … De ingelsche Tollmacker hett ehr aber blots kott ankeken, un Anna hett gau

»hallo« seggt, so mit ingelsche Betonung, un dor hett he uns fix rutwenkt, un wi weern dörch. Buten müss Anna denn eerst mol ehre Druppen nehmen un weer uns twee Stünnen sabbel, wiel datt ick middewiel in de Zollbestimmungen leest harr, datt bi dree Personen söss Buddeln Wien gor keen Smuggeln weer –.

Veel dramatischer weer dat jo domols in Schottland, dor bün ick üm een Hoor bi verschütt gahn – un dorbi wulln wi gor nich smuggeln! Schuld harr Ida, denn se meen, wenn wi so alleen dörch de Highlands föhren, denn bruken wi dringend wat to 'n Verdeffendeern un se hett denn ehre Gaspistol mitnahmen. Ehr datt wi in Newcastle an Land keemen, kreeg ick aber mit, datt »Schußwaffen« bi 'n Toll anmeldt warrn mööt, un düttmol sünd wi denn op den roden Utgang to. Buten, vör 'n Toll stunn al mien Kolleeg Wolfgang, de wull uns afhalen un he wenk uns fidel to. De schottsche Officer vun 'n Toll keem fründlich to uns Wagen, un ehr datt he frogen kunn, wat wi denn anmellen wullen, holl ick em de Pistol ünner de Nees. He möök 'n Satz as Rumpelstilzchen, un miteens weern twee annere Officers bi em, de keken afsluut nich mehr fründlich. Ick bün denn eerstmol utstegen un heff jem verklort, datt dat blots 'n Gaspistol weer, man se hebbt all dree tähmlich luud mit mi snackt, un dat weer nich licht to verstahn. Man amenn kreeg ick mit, datt ick de Munitschoon rutnehmen schull, un wat weet ick, wo dat makt ward! Ick heff Ida dat Ding in 'n Wagen langt, un de hett denn cool bi 't Rümhanteern de Tollmackers – dat weern nu al teihn – in Schach holln – op jeden Fall stunnen se dor as fastnogelt. Mien Kolleeg hett nich mehr wenkt, he is gau in sien Auto stegen

un beten wiederlang fohrt. Naja, ick heff denn in 't Büro so 'n Poppeer kregen, un de Pistol mit de Munitschoon keem in 'n Büdel, un bi de Rückfohrt heff ick ehr wedderkregen. Achso, tohuus hebbt wi markt, datt doch noch 'n Patroon in de Pistol weer, dat weer den eenen Sünndagmorgen, as Ida mi verkloren wull, wo de Pistol funkschoneert.
Mit den Tee hebbt wi jo Dusel hatt, wiel datt de Zollbeamte in Hamburg meen, uns Benzinpumpe weer twei – he stunn nämlich miteens in 'n grote Pütz – un hett denn blots »Weg! Weg!« ropen – oder sogor dreemol? Weer denn aber blots 'n Kühlerschlauch un dat Benzin Water.
Man spannend is dat – finnst nich ok?

Büxenangst

Segg mol – kennst du düssen Droom: Du löppst enerwegens spazeern, dröppst miteens 'n barg Lüüd, de du womöglich noch goot kennst, seggst fidel »Hallo!« un wunnerst di, datt se di all so gediegen ankiekt. Nah 'n Ogenblick weeßt du ok worüm – du steihst nämlich in Ünnerbüxen vor jem. Is gräsig schaneerlich, de Situatschoon, du muchst di an leevsten in Luft oplösen, un wiel datt dat jo 'n Droom is, hest dor ok mehrstiets 'n rejelle Schangs to, denn du wakst eenfach op. Un büst heel froh, datt du in dien Bett liggst, alleen ... oder nich ganz alleen – op jeden Fall nich mit all de Lüüd ut dien 'n schenanten Droom.
Man wenn du sowat mol würklich beleevst, denn is dat nich so eenfach. Denn opwaken kannst denn jo nich, ok wenn du di dat noch so nöödig wünscht. Klor, fidel kann dat ok mol sien – wenn du blots tokiekst, un 'n annern in de Bredullje sitt. Womöglich hest dor sogor noch wat Godes vun ... hehe, also mi hett so 'n Mallöör mol richtig Glück brocht – ick weer dor woll so foffteihn Johr old, in de Schoolklass de Lüttste un mit mien Klass in so 'n Jugendheim op Sylt. Weern ok Deernsklassen dorbi, man groten Slag harr ick nich bi jem, as lütten Spiddelwüps. Eendags möken wi 'n Wannerung nah List, in de Wanderdünen. De weern bannig hoog, un vun baben kunn een rünnerjumpen, wenn he sick dat wagen dee. De

Deerns keken all to, as wi Jungs dor ropklattern. Vun boben seeg dat noch höger ut as vun ünnen. Tominnst dee ick veer, fiev – wat segg ick: veertig, fööftig Meter dörch de Luft susen! De Deerns hebbt »Bravo!« ropen, un ick heff op Sand kaut. Denn keem Jochen an de Reeg. He weer groot, stark un harr tominnst twintig Finger un an jeden Finger 'n Deern, so een weer dat. Un he harr sogor al lange Büxen an, dor kumm du eerstmol tegenan! He gröhl, dat weer noch gor nicks west, nehm 'n kolossalen Anloop, de Deerns juchen vull deepe Bewunnerung, un ick seeg miene Schangsen al wedder dorhenseilen. Jochen weer veel wieder jumpt as ick, blots as he opstunn, dor lach uns sien naakten Mors an as de Sünn vun 'n Heven – sien Büx weer vun baben bit ünnen tweireten. De Deerns kunnen sick gor nich wedder inkriegen vör Lachen. Jochen kreeg 'n heel witte Nees un de annern Jungs harrn Bammel, jem kunn dat ok passeern. Ick harr denn op jeden Fall twee wunnerbore Weken.

Ok wenn du wat öller büst, kannst jo mit sowat noch Maleschen hebben, jojo ... Vör Wiehnachten, to 'n Bispill, weer ick in de Jacobikark un heff dor in 'n Gottesdeenst beten wat vertellt, un vörher, dor weern wi noch achtern, in de Sakristei, bi den Paster, poor Lähdies un Mannslüüd vun de Polizei, de ok wat seggen wullen, un ick. Een vun de Kirls wull sick noch mol bücken un – ratsch! reet em sien Büx twei! Dat weer em bannig schenant, denn mit 'n open Büx magst di jo nich vun so veele Lüüd anstieren laten, al mol gor nich in de Kark. De Paster meen, Beden harr in düssen Fall nich veel Sinn, un op 'n Wunner töven ok nich, denn wi müssen glieks rut un anfangen. Dor hett

de Macker denn sien 'n Paletot antrocken, wat beten wunnerlich utseeg, man jümmers noch beter as de tweie Büx.
As Schoolmeister heff ick jo ok so 'n »Standardangst«, also datt ick mol mit 'n open Büx vör de Klass stah, un ick inspizeer mi jümmers penibel, ehr datt ick in 'n Ünnerricht gah. Man eenmol hebbt mi de Öös vun Gören doch rinleggt: Egolweg deen se mi angrienen un op mien Büx stieren! To 'n Sluss bün ick rutlopen, weer aber allens an mi korrekt. As ick wedder rinkeem, hebbt se mi fidel verklort, datt ick noch normale Reflexe harr – segg sülvst: Is sowat nu noch normal?

De Ogenblick

Tjä, Lüüd – ick weet jo nu gor nich, wat Ji öberhaupt 'n Ogenblick Tiet hebbt an Hilligobendmorgen, bi all de Jachteree un Hektik – man liekers: Hest du di egentlich mol frogt, worüm de Lüüd vör Wiehnachten all so as mall dörch de Gegend peest? Mol seggen, de Weken vör Wiehnachten – nich uttoholln! As ick noch wat jünger un beknackter weer, heff ick düssen präsentigen Amokloop jo ok mitmakt, man wat di dor an Nerven un Paletotknööp in de Grütt geiht, dat halst du jo nie wedder op! Ick heff mol an een langen Sünnobend vör Wiehnachten twee Knööp, 'n Hoot, 'ne Hacke vun mien Schoh, 'n Tähn un üm een Hoor mien Ünnerbüx verlaren. De Knööp in de Ünnergrundbohn, den Hoot in de Mönckebergstraat – he is mi vun 'n Kopp flagen, un in dat Gewöhl heff ick em nich wedderfunnen, de Hacke bi Glas un Porzellan in 'n Kööphuus – dor is mi een vun achtern roppett, wat ick hüüt noch nich begriep – de Tähn weer 'n Stifttähn, un dat passeer ok in 'n Kööphuus, as ick 'n Verköpersch fröög, wat de »Zigarrenkasten« ok luftdicht weer, bi dat »Z« vun de Zigarren dee ick ehr mien 'n Stifttähn op 'n Tresen speien, un se hett sick jüst so verjogt as ick mi. »Is ja 'n irrer Gag!« meen se, »Ham Sie das ausse Scherzartikelabteilung?«. Jo, un de Ünnerbüx weer noch een mit 'n Gummiband in, wat mitmol twei güng. Ick stunn jüst op de Straat bi 't Knackwusseten, dor rutsch mit dat Ding so sutje nah ünnen. Se wurr blots noch in 'n Schreed dörch mien Antogbüx opholln. Nu heff ick di jo al seggt, datt dat tähmlich windig weer, un dat weer denn 'n gediegen Geföhl, ick keem mi vör as an de See, bi 't F.K.K., un wenn du di an so 'ne Steed verköhlst, denn kannst dor 'n barg Arger vun hebben.

Man dat jo blots so blangenbi. Mi geiht dat hüüt mehr üm de Froog, worüm de Lüüd dat vör Wiehnachten so ielig hebbt. Dwingen deit jem doch nüms! Ick heff dat Geföhl, bi all de Jachteree hebbt se Bammel, blots nicks to vergeten, wat denn womöglich eerst Wiehnachten to Wiehnachten makt. Man wat is dat? Sünd seker nich de Strümp för Tant Manda oder de Engelmutatschoonen för den Dannenboom. Un is ok nich de Göösbraten oder de Buddel Wien för Hilligobend. Man wat?

Weetst du – ick glööv, wat dat würklich is, dat kannst gor nich köpen, dat finnst ok bi noch so veel Raseree nich. Dat gifft dat ümsünst, allens wat du dor denn för betohlen muttst, is 'n beten Tiet –.

To 'n Bispill an 'n Hilligobend. Ick heff jo nu al 'n barg Hilligobende beleevt, man so lang as ick mi trüchbesinnen kann, heff ick jümmers düssen Ogenblick Tiet funnen. As lütten Jung bün ick in Dustern noch mol op de Straat gahn un heff mi de Finsters ankeken, mit all dat Dannenboomlüchten. Weer meist keeneen mehr ünnerwegens, blots ick, un ick kunn düütlich marken: Düsse Eensomkeit, de wiede Heven, dat Lüchten un de Freid op den Dannenboom tohuus in de warme Stuuv – dat weer Wiehnachten.

As ick woll so sössuntwintig weer, dor geev dat ok 'n Hilligobendmeddag, den ick nich vergeten kann ... ick wull to 'n eersten Mol mit Ida Wiehnachten fiern un tööv op ehr, se müss noch arbeiten. Ick weer in uns lütte Kamer mit den Dannenboom innegang, dor spelen se in 't Radio op de BBC-Welle 'n Wiehnachtsleed ... on the first day of Christmas my true Lord said to me ... buten dee dat sneen, dat rüük nah Dannen un Schoklood, un ick heff woll 'n halve Stünn so vör mi hen sinneert, över mien Tokunft, dat Radio dee ick al lang nich mehr hören ...

Un mol bün ick ok mit mien Vadder un miene Jungs Hilligobendnahmeddag nah buten fohrt; wi sünd spazeernlopen, de Jungs hebbt in 'n Snee toovt, un wi hebbt uns freit op den Hilligobend tohuus.

In so 'ne Ogenblicke föhlst du, dat üm di rüm un in di binnen noch wat anners is, as dat, wat du betohlen kannst un dat, wat du beschicken muttst.

Un ick warr seker wedder mien Stunn finnen un dat wünsch ick ok di. Un wenn du nich jüst mi op de Straat dröppst, denn warrst du marken, datt Wiehnachten ok hüüt noch 'n grote Freid is – datt Wiehnachten in di sülven is.

Speelpläseer

Also dat is 'n reinen Tofall, datt ick noch schrieven kann. Un dat allens wegen de poor Penn! Man ick harr jo al vörher dütt snaaksche Geföhl, as se all inne Gang weern mit »Man to! Makt doch soveel Jux! Un wi hebbt dor doch all so 'n Gusto op! Un sünd doch blots 'n poor Penn!« Un denn keem dor jo noch de Wiehnachtsseligkeit dorto, nee magst denn nich seggen, wo wi doch ennelk mol all tohoop weern – Rodscher, heff ick seggt, man dat Limit warr ick bestimmen!

Tweeten Wiehnachtsdag. Göösbraten, Buddel Rootwien, de Familie sitt üm 'n groten Disch, tofreen un häppieh. Wat nu? Wüllt wi nich wat speelen? Wunnerbor – man de Speelen, de wie hebbt, sünd blots för söss Lüüd inricht, un wi sünd söben. Roulette, seggt mien Öllsten, dat hebbt wi lang nich speelt!

Na, ick weet nich ... wo wi uns doch al bi Monopoly in de Hoor kriegt ... un bi dat leste Canastaspeelen kregen wi uns so bi de Plünnen, datt wi 'n Veddeljohr nich – un nu Roulette? Also goot – man blots üm Penn! Se deen all nickköppen. Mien Öllsten grien. He stell allens op 'n Disch. Ick heff denn mien Penndoos holt. Eenfache Schangsen, also rood, swatt un so wieder bit to teihn Penn, Dutzend un Kolonne fiev Penn, de annern bit twee Penn un op de enkelten Tallen blots een Penn – dat is dat Limit, un ick bün de Bank!

Se deen wedder nickköppen, un mien Ollsten grien jümmers noch. Sien Broder nu ok. Ida dee sick fiev Mark vun mi pumpen, un Anna wull Groschen inwesseln – se harr sick wat vörnahmen. 'n halv Stünn lang müss ick Geld wesseln, dor wurr ick al bannig hippelig bi. Denn füng dat Speel an. Ick will de seggen – sowat vun Zocken heff ick noch nich beleevt. In teihn Sekunden hebbt se dat Speelfeld vullpackt. Sünnerlich de Foffteihn harr jem dat andoon. Kunnst gor keene Tallen mehr sehn, blots noch Penn. All sabbeln se dörchnanner vun Pleng, Schwall, Carreh un Transversale Pleng, Siehro, Mank un wat weet ick. Fiev Mol heff ick schreet: Riengnewaplüh! Un denn noch: Stop! Alle! Nicks mehr!

Denn kuller de witte Kugel in de Foffteihn.

De Börse nah 'n Bankenkrach is dor 'n Sanatorium tegen. Uns Katt is glieks utbückelt, denn de Instinkt seggt ehr woll al vörher, wannehr de Eer anfangt to bevern. Söss Lüüd kregen sick in de Wull, jedeneen harr wat op oder üm de Foffteihn rüm sett; ick müss mi öber mien 'n Pennkasten smieten, man mit Penn weer dor nicks mehr to maken, dor müss ick al in mien Portmonnäh griepen – sogor 'n Daschenrekner heff ick brukt. Mann, wat bün ick froh, datt ick keen Croupier worrn bün!

Söss Runnen hebbt wi speelt, un dor heff ick mien Familie ennelk richtig kennenlehrt. Un för sowat racker ick mi nu af! Sogor de sanfte Susi harr 'n Glimmern in de Ogen – dor kunn se glatt 'n Dschob in de Geisterbohn mit kriegen! In de leste Runn heff ick dat Limit duppelt so hoog ansett, wiel datt ick mien Manko wedder utglieken wull. De Spannung weer echt nich mehr uttoholln, as de Kugel loossuus,

op de Tallen leeg meist 'n Zentner Penn un Groschen. Un dor – stell di vör: Dor plopp dat Ding in de gröne Null – Zero!! Op Siehro harr keeneen sett, allens weer mien! Ick jump hoog in mien hektische Freid, stött tegen dat Roulette, dat noch an 'n Lopen weer, de Kugel jump een Huus wieder un rin in de Tweeundörtig!
Mien Mudder will mi nu entarven, Ida sick scheden laten, de Jungs utwannern, un Anna kookt mi keene Klüten mit Backoovst mehr.
Na, dat Johr ward goot anfangen.

Hermann Bärthel

Strohwitwers

Er nu wieder …

Hacke, Pieke, een – twee – dree

Fardig – los – Wiehnachten

Fidele Wiehnachts-Äkschn

Platt für Plietsche

Nich to glöven!

Meschugge Tieden

Hermann Bärthel vertellt

und als Geschenkausgabe für jeden Freund und Anhänger Hermann Bärthels

De besten Geschichten

Ein Standardwerk
der zeitgenössischen
plattdeutschen Literatur

Dat groote plattdüütsche Leesbook

Herausgegeben von
Hartmut Cyriacks
und
Peter Nissen

Plattdeutsche Literatur in ihrer vielfältigsten Form.
Eine umfassende Sammlung von Geschichten, Erzählungen und Gedichten der namhaftesten Autorinnen und Autoren spiegeln die Bandbreite der zeitgenössischen plattdeutschen Literatur wider.